50대, 나를 응원합니다

50대, 나를 응원합니다

초판 1쇄	2020년 05월 15일
초판 2쇄	2021년 09월 10일

지은이	곽해용
발행인	김재홍
디자인	이근택
교정·교열	김진섭
마케팅	이연실

발행처	도서출판 지식공감
등록번호	제2019-000164호
주소	서울특별시 영등포구 경인로82길 3-4 센터플러스 1117호 (문래동1가)
전화	02-3141-2700
팩스	02-322-3089
홈페이지	www.bookdaum.com
이메일	bookon@daum.net

가격	13,000원
ISBN	979-11-5622-501-0 03810

곽해용 2021, Printed in Korea.

50대, 나를 응원합니다

곽해용 지음

지식공감

그리운 내가 나를 응원합니다

시간이 참 많이 흘렀습니다.
어언 사십 년
푸른 옷에 실려 간 꽃다운 이 내 청춘
이제 한 모퉁이를 돌았습니다.

하고 싶은 이야기들이 참 많이 있습니다.
이리저리 흔들리는 우리 아들딸 청춘들에게
내 생명 조국을 위해 복무 중인 우리 전우들에게
인생 2막을 준비 중인 후배들에게
이 사회를 믿음직하게 지키고 있는 공직자들에게
켜켜이 쌓여있는 나의 소소한 스토리텔링을 소개합니다.

돌아보니 언제나 소중한 시간이었습니다.
돌아보니 어디서나 해야 할 일이 있었습니다.
돌아보니 보람보다는 반성이 앞섭니다.
돌아보니 모두 그리움입니다.

시간은 또다시 흘러갑니다.
지난 시절, 앞만 보고 열심히 달려왔다면
앞으로는
주변을 돌아보는 여유 정도는 가지겠습니다.

그리고
언제나 어디서나
내 존재의 의미를 찾아
지금껏 그랬듯이
부족하고 모자람은 계속 채울겁니다.
자신감 넘치는 사람은 언제나 아름답습니다.
응원하렵니다.
아직도 마음은 영원한 청춘인 내가
나를 응원합니다.

차례

2장 존재 / 그리움 / 자유

1장

꿈 / 행복 / 사랑

'꿈 너머 꿈'을 _____

향하여 _____

    인간은 꿈을 먹고 꿈을 좇아가는 존재이다. 누구나 한 번쯤 가슴에 꿈을 품고 살아간다. 어떤 이는 꿈을 반드시 가질 필요는 없다고 한다. 그냥 하루하루 열심히 살아가면 되지 굳이 꿈으로 인해 스트레스를 받으며 자신을 옥죄일 필요가 없다는 것이다. 그럴 수도 있다. 꿈이 단순히 꿈으로 끝난다 해도 우리는 퀸(Queen)의 노래 가사처럼 존재 자체만으로도 '위 아 더 챔피언'이니까. 하여튼 꿈은 품은 자만이 이룰 수 있으며, 희망하고 인내한 자의 몫이다. 나쁜 꿈만 아니라면, 최고의 결과가 아니어도 최선이 가져다주는 차선의 열매조차도 달콤하지 않은가!

    '산을 보면서 산 너머를 보고

    사람을 보면서 그의 내면을 깊이 보고

    한 사람의 꿈을 보면서

    꿈 너머 꿈을 바라보십시오.'

    – 『내 곁에 너를 붙잡다』 중에서, 유미설

우리는 왜 꿈을 꾸려는 것일까. 꿈꾸는 동안에는 행복해질 수 있기 때문이 아닐까. 백만장자 꿈을 이룬다면, 이후의 꿈은 무엇인가. 『꿈 너머 꿈』의 저자 고도원 작가도 꿈이 있으면 행복해지고 꿈 너머 꿈이 있으면 위대해진다고 했다. 백만장자 꿈도 실은 만만치 않다. 인생 여정이 결코 호락 호락하지 않기 때문이다. 자칫 절망과 불행으로 이어지기도 한다. 성공한 이들을 향해 운칠기삼(運七氣三)이라고 정의를 내리고 자신을 위로하기도 한다.

우리는 꿈을 통해 얻고자 하는 그 행복이란 것이 결코 강도(强度)가 아니라 빈도(頻度)에 있음에 대부분 공감한다. 꿈이 그렇게 거창하지 않아도 좋다. 소확행이니 욜로(YOLO)니 하는 말이 유행하는 이유이다. 어떤 꿈은 오늘 당장 이루어질 수도 있고 어떤 꿈은 평생을 거쳐야 이룰 수가 있다. 아니, 이루지 못할 수도 있다. "저게 저절로 붉어질 리는 없다. 저 안에 태풍 몇 개 저 안에 천둥 몇 개 저 안에 벼락 몇 개…" 장석주의 〈대추 한 알〉이라는 시도 있다. 또 정작 백만장자 꿈을 이루었다고 마냥 행복하지만은 않다. 로또 1등 당첨자들의 결말이 대부분 행복하지 않은 것처럼 경제적인 부가 행복을 위한 유일한 전제조건이 아니기 때문이다. 어쩌면 무엇이 되겠다는 꿈보다 어떻게 살겠다는 꿈이 오히려 우리를 더 가치 있고 더 행복하게 해줄지도 모르겠다.

자기가 하고 싶은 일을 하면서 살아가는 사람들도 있다. 행복한 사람들이다. 꿈은커녕 현실의 무게에 짓눌러 쉽게 포기하고 좌절하며 살아가는 이들도 있다. 어떤 이들은 이루지 못한 꿈 때문에 타인만 원망하며 남은 생을 보내기도 한다. 야심과 경쟁에서 자유로워지면 오히려 하고 싶었던 일에 도전하거나, 더 자유롭게 살아갈 수도 있는데 말이다. 결국 내가 주관을 갖지 않으면 남이 내린 결론으로 세상을 보게 된다는 말이 맞는 것 같다.

꿈은 인생의 나침반 같다. 『네 안에 잠든 거인을 깨워라』의 작가 앤서니 라빈스는 활력이 넘치고 운명을 개척하는 창의적인 꿈을 꾸라고 말한다. 이를 위해 3단계 원칙을 제시하는데, 1단계에서는 우선 자신의 기준을 높이라고 했다. 2단계로 달성할 수 있다는 확신을 갖고, 3단계로 이를 성취할 전략을 세우라고 한다. 수시로 변하는 감정을 잘 조절하고, 건강과 바람직한 인간관계를 지속적으로 유지하며, 경제력과 시간을 효과적으로 활용하라고 한다. 꿈을 꾸는 것은 나이와 무관하다. 오히려 나이 듦은 대책 없이 무조건 버리고 내려놓고 쉬는 것이 아니라, 더 분별 있는 '꿈 너머 꿈'을 꿀 수 있는 자유를 가진다는 의미일 수도 있다. 그동안 정말 하고 싶었는데 하지 못한 것, 잘할 수 있는 것과 꼭 해야 할 것을 찾아가는 자유 말이다.

다시 꿈꾸며 춤추고 싶다. '춤출 수 없다면 인생이 아니다'라는 말처럼. 아직 이루지 못한 '꿈 너머 꿈'을 향하여 결연히 한 발짝 한 발짝 내디뎌 볼까 한다.

내 마음속의 _____
어린왕자 _____

총선이 끝났다. 일부 초선 국회의원들은 일찌감치 불출마를 선언하며, 그동안 본인들이 생각했던 정치와는 너무나 상반된 현실을 지적했었다. 당의 지시에는 무조건 복종해야 하고, 당론의 소총수 역할을 해야 한다. 상대를 이기기 위해 서로 진솔한 대화를 찾아볼 수 없단다. 마약 같은 정치권력에 한번 빠져들면 구름 위에 살고 있는 착각도 하게 된다고 했다. 권력은 불과 같아서 너무 멀면 춥고 너무 가까우면 타죽는다는 이치를 잊고 있었을까.

생텍쥐페리의 '어린왕자'가 만났던 여러 사람들이 생각난다. 국민의 '종복'이 되어야 할 권력자가 오히려 '복종'을 최고 가치로 본다든지, 오로지 소유만 하려는 사업가, 마신다는 부끄러움을 잊기 위해 또 술을 마신다는 술꾼과 칭찬만 듣고 싶어 하는 허영장이, 시키는 일만 하는 공무원 등 이상야릇한 어른들 세상을 부정하고 싶지만 아직도 우리의 현실은 이렇다. 어린왕자는 어른들이 좋아하는 10만 프랑짜리 집 같은 숫자놀음보다 속이 보이지 않는 보아뱀 그림을 이

해해주는 친구가 더 필요한데 말이다.

　살면서 심쿵! 하는 설렘이 점점 줄어들면서, 나도 비로소 어린왕자가 이 외로운 지구에서 왜 그토록 친구 찾기에 열망했는지 이해가 간다. 친구를 원하는 그에게 여우는 먼저 길들여 줄 것을 요구한다. 그러기 위해선 아주 참을성이 있어야 한다고 했다. 곁에서 약간 떨어져서 조금씩 다가가되, 오해의 근원인 말을 하지 말라고 당부한다. 그리고 아무 때나 오지 말고 정해진 시간에 찾아오는 '의례'도 필요하단다. 그러면 약속한 4시가 되기 전부터 벌써 안달이 나서 안절부절 행복해질 것이라고 했다. 돌아보니 나도 참을성이 부족했다. 여우를 닮은 금빛 밀밭에 스치는 바람소리마저 사랑하게 될 때까지를 기다리지 못했다. 허영심에 찬 그 장미꽃처럼 까칠하게 굴었던 것 같다. 때론 의례도 무시했다. 그래서 어린왕자를 다시 찾아보았다.

　어린왕자를 처음 만난 것은 고등학교 수업시간이었다. 지금도 시인으로 활동 중인 김성춘 음악 선생님이 소개해주셨다. 본인이 가장 아끼는 어린왕자라고 했다. 행복한 미소를 짓던 선생님의 안경 너머 맑은 눈동자가 아직도 기억 속에 생생하다. 어린왕자 스토리는 처음엔 알 듯 모를 듯 오묘하며 신비로웠다. "마음으로 보아야 잘 보인다. 중요한 것은 눈으로는 보이지 않는다. 네 장미를 그토록 소중하게 만든 건 네가 너의 장미에게 소비한 시간 때문이야"라고 여우가 가르쳐준 비밀처럼. 스치면 인연 스며들면 사랑이라 했던가. 나도 이후 그와 친구가 되었다. 그와 함께 당장 눈앞에 보이지 않더라도 거짓보다는 진실을 좇으려 애썼다. 적어도 내가 길들이는 것은 모두 소중하게 지키려 했다. 권위는 갖추지만 권위적이지는 않으려 노력했다. 장미꽃 5,000송이가 아니라 한 송이 귀함도 안다. 그가 말했듯이 지금도 친구를 찾아야 하고 알아야 할 것도 많다. 시간이 무한하지 않다는 것도 알기에 모든 것을 마음으로 보려고 한다. "영리함은 지혜의 천적이다. 바보는 입으로 말을 하고, 영리한 사람은 머리로 말하지만, 지혜로운 사람은 마음으로 말한다"는 것처럼.

살다 보면 이래저래 마음을 다치는 경우가 많다. "모든 인간의 탄생은 기적이다"라고 어느 철학자도 말했지만, 우리는 세상에서 하나뿐인 소중한 존재임을 깜박 잊을 때가 종종 있다. 흔들릴 때도 있다. 그 흔들림조차 살아가는 모습임을 이젠 안다. 우리 삶이 가끔 팍팍하다고 느껴질 때, 고개 들어 밤하늘 소행성 B612에서 혼자 조용히 웃고 있을 어린왕자를 한번 찾아보자. 그가 모순된 우리 어른의 세계에 던져주는 따뜻한 위안의 목소리에 귀 기울여보자. 나도 이젠 사막의 오아시스같이 아름다운 노을도 맘껏 즐기고 싶다. 그리고 이 지구라는 행성에서의 멋진 순간들을 내 마음속 깊이 오래오래 쟁이고 싶다.

우리는 _____
답을 찾을 것이다 _____

'삶에서 소중한 것을 잃었을 때,

매일매일이 단조로워 주위 세계가 무채색으로 보일 때,

사랑하는 사람들로부터 상처받아 심장이 무너질 때,

혹은 정신이 고갈되어 자신이 누구인지 잊어버렸을 때,

그때가 바로 자신의 퀘렌시아를 찾아야 할 때이다…'

— 『새는 날아가면서 뒤를 돌아보지 않는다』 중에서, 류시화

투우사와 혈전을 벌이는 소가 스스로 안전하다고 느끼는, 사람들
에게는 보이지 않는 구역이 있다고 한다. 투우사와 싸우다가 지친
소가 자신이 스스로 정한 그 장소로 가서 숨을 고르며 힘을 모은다
는 곳. 기운을 되찾아 계속 싸우기 위해서 찾는 곳이 바로 '퀘렌시
아'이다. 그야말로 '회복'하는 곳이다.

숲길 2km를 30분 정도 걸으면 긴장, 우울, 분노가 줄어들고 인지
능력이 향상된다고 한다. 숲에 가서 기운을 흠뻑 적시고 오는 날이

면 무언가 충만한 에너지와 열정을 선물로 받은 느낌이다. 푸르고 울창한 숲에서 사는 사람은 그렇지 않은 사람보다 3배 이상 건강하고, 비만을 포함한 만성 질환을 40%까지 감소시킨다고 한다.

　나도 숲을 좋아한다. 내밀한 숲의 고요를 즐긴다. 어린 시절 숲속 탄광촌에서 살아서일까. 보통 군부대는 대부분 산 부근에 있는데 대대장으로 근무할 때는 첩첩산중 계곡이 흐르는 심산유곡에 부대가 있었다. 관사를 나서면 바로 울창한 숲이고, 나무들이 눈앞에 보인다. 산과 계곡이 깊어서 부대 울타리가 따로 없었다. 산 자체가 울타리였다. 어렸던 우리 아이들도 자연 속에서 신나게 놀았다. 지금도 그때가 좋았다고들 말한다. 전역 후에는 도시 생활로 바뀜에 따라 미세먼지 가운데서 살고 있다. 정화가 덜 된 지하철 공기에도 몸이 적응되어 간다. 가끔 아파트 주변 오래된 나무 그늘 벤치에서 30분 정도만 쉬고 있어도 긴장이 풀어지고 기분이 상큼해진다. 소령 때 미국 시애틀 부근에 있는 1군단에 훈련 갔다가 레이니언산(4,392m) 국립공원을 찾은 적이 있었다. 원시림 그대로 살아있는 웅장하고 어마어마한 숲의 너른 품에 압도당한 적이 있었다. 말이 다니는 길도 있었다. 우리나라는 70% 이상이 산림이다. 한라산, 설악산 등 국립공원 곳곳에도 웅장하지는 않아도 아기자기 아름다운 숲들이 넘쳐난다. 제주 해변 올레 숲길도 있다. 여행지에서 주변 숲을 찾아보는 것도 좋은 것 같다.

　시간이 날 때면 숲이 있는 공원 벤치에 앉아서 잠시 나무들과 대

화를 나눈다. 한 그루 나무나 풀, 이끼 등 생명체, 만물의 영장 인간
도 모두 유사한 유전자를 가지고 있다고 한다. 유전자란 그 생물체
를 만드는 방법을 표준 알파벳으로 기록한 암호 메시지다. 모든 동
물, 식물, 세균의 유전자가 알파벳 A, T, C, G 넷 중 하나로 구성되
어 있단다. 사소한 차이만 있을 뿐 수만 년쯤 거슬러 올라 가보면 공
통 선조를 갖는다는 말이다. 우리 모두 서로 먼 친척이 되는 셈이다.
숲속 나무들이 오래된 친구처럼 여겨지는 이유다. 포근함을 갖춘 배
려 있는 넉넉한 친구. 인간도 자연의 일부라고 깨닫는 것은 어찌 보
면 당연할지도 모른다. "고약스러운 코로나가 빨리 사라졌으면", "딸
이 골프시합에 나갔는데 좋은 결과를 얻었으면", "오늘 좋은 사람과
즐거운 대화를 나누었으면 좋겠다." 혼자 중얼거리고 나면 기분이 한
결 좋아진다. 숲은 나의 퀘렌시아다.

미국 동부지역 체로키 인디언들도 살다가 고난이 닥치거나 힘들면
숲속으로 자신이 정해둔 나무를 찾아가 교감하는 시간을 가진다고
한다. 만지고, 껴안고, 기대면서 한나절씩 나무와 지낸다. "우리는 답
을 찾을 것이다. 늘 그랬듯이." 영화 〈인터스텔라〉에 나온 대사 처럼
희망을 안고, 집이든 숲이든 나만의 퀘렌시아를 찾아서 피곤한 심신
을 다시 회복할 때이다.

억압된 감정,
이제는 품어주자

"인생에는 '고통 총량의 법칙'이 적용된다.
고통의 시기만 다를 뿐이지 누구나 감당해야 할 고통의 양은 같다…
누구든 말 못 할 고민을 품고 살아간다.
지금 여기에 살고 있는 사람들은 모두가 서로를 품고
또 품어주며 함께 버텨나가는 세상의 동지들이다."

– 『서른의 공식』 중에서. 이서윤

군대 생활은 당연히 자신의 감정을 참아야 하고 적극적인 표현보다는 안으로 삭히면서 생활하는 것이 타당하다고 생각했다. 군에서 복무하는 동안 상명하복이 조직의 생명이며, 절대적인 복종만이 충성스러운 부하를 만들고, 상관이면 충성을 요구하는 것이 당연하다고 여겼었다. 군의 존재 이유가 전투에서 승리하기 위함이기에 일사불란한 지휘계통과 충성심은 필수적인 구비요건이라고 생각했다.

군 생활 특성상 지시일변도의 문화에 익숙해져 있다가 다시 예전

민간인 사회로 돌아온 지금, 이제는 조금씩 이해가 된다. 아무리 내가 훌륭하게 지휘를 했다고 하더라도 상대인 부하들이 그렇게 느끼지 못했다면 무엇인가 잘못했던 것임을. 나 또한 그 과정에서 자의든 타의든 억압되어 온 내 감정들이 화석처럼 굳어져서 인지조차 하지 못했다는 사실을 이제야 새삼 알아차리고 있다. 목표 달성에만 매진하면 때로 비정해질 수도 있다. 필요시 개인은 단체를 위해 희생함을 당연하다고만 강조했고, 그 희생에 대한 어떤 보상도 제대로 해주지 못했다는 것도 알았다. 물론 대가를 바라고 하는 것은 진정한 희생은 아닐 수 있지만.

논산훈련소에 입대하는 병사들이나 양성과정에 입소하는 장교후보생들이 모두 공통으로 겪는 과정이 있다. 사회로부터의 분리다. 사회에서 가지고 있었던 기존의 가치에 소위 말하는 군인정신을 새로 집어넣어야 하는 정신적 혼란기를 감내해야 한다. 내가 군복을 입는 것이 아니라 군복에 나를 끼워 맞추는 과정이 필요하다. 반항하고 분노할 틈도 없다. 결국엔 그냥 투항하고 만다. 그래야 편하다. 선배들도 모두 그런 과정을 거쳤다는 과거 흔적들 가운데서 나만 건방지게 반기를 들어본들 아무도 귀 기울이지 않는다. 들어주는 척할 뿐이다. 그것도 싫으면 문을 박차고 나가면 된다. 그 과정을 이겨낼 수 있는가. 자신이 없다면 주어진 눈앞 현실을 그대로 받아들여야 한다. 자기방식대로 나름 고군분투를 한다. 군 입대 순간부터 군복 명찰에 자기를 집어넣는 연습을 한다. 나는 보이지 않고 오로지 분대, 소대, 중대 조직만 보인다. 개인감정 따위는 사치다. "허심탄회하게 각자 자기의 의견을 이야기해보라"는 상관의 달콤한 유혹에 빠져서 고지식하게 '정직한 불만'을 내뱉었다가 대책 없이 알게 모르게 압박이 주어지는 황당한 경험을 해본 사람이라면 금방 알게 된다. 내 감정을 솔직하게 표현하는 것이 얼마나 무의미한지를. 매사가 그러하지는 않았지만 대체로 그러하였다.

전역하고 사회에 다시 돌아와 보니 군에서만 이런 감정표현을 제대로 하지 못하는 것이 아니었다. 공무원 사회도, 학교에서도, 직장에서도, 심지어 우리 가정에서도 하고 싶은 말을 제대로 하지 못하고 자신의 감정을 스스로 억누르고 사는 이들이 얼마나 많은지 알게 되었다. 물론 세상 모든 이들이 자기의 감정을 그대로 적나라하게 드러내놓고 살 수는 없다. 이렇게 억압된 분위기 속에서 자신의 감정표현을 제대로 하지 못하고, 표현에 서투르거나 표현 없이 지내면 감정의 동맥경화증과 분노조절 장애 현상 등이 찾아올 것은 뻔하다. 이것이 문제이다. 가끔 조직에서 가장 약한 자를 찾아내어 자신의 분노 해소 대상으로 삼아 이유 없이 집단 린치를 가한다든지, 메마른 감정에 의사소통도 없이 묵묵부답으로 살아가는 가족 구성원처럼 불화는 반복된다.

너무나 짧은 기간에 급성장해온 우리 대한민국. 개인의 소소한 감정표현도 제대로 받아 줄 여유도 없었다. 이태리 철학자 프랑코 베라르디는 한국사회의 특징을 네 가지로 말했다. 끝없는 경쟁, 극단적 개인주의, 일상의 사막화, 생활 리듬의 초가속화이다. 외국인의 눈에도 우리의 치열한 경쟁사회 모습이 보이나보다. 여기에 남과 북 대치 상황은 우리를 더욱 긴장하게 만든다. 군에서는 소통을 강조하고 있다. 다소 지나치다 싶을 정도로 지휘관들이 노력하고 있다. 우리 사회 또한 이런 문제점을 지속적으로 제기하며 다양한 대책을 강구하고 있다. 수십 년 동안 내 감정을 스스로 억압하는데 길들여져 온 나 또한 이제는 이러한 감정을 하나하나 다시 풀어나가려 한다. 그리고 우리 서로를 품어주자. 아픈 사람은 더 아픈 사람이 알아보는 법이다.

『감정수업』의 저자 강신주는 "어른이 된다는 것. 그것은 감정을 억누르거나 죽이는 기술을 얻었다는 것 아닐까요? … 감정을 죽이는 것, 혹은 감정을 누르는 것은 불행일 수밖에 없다. 살아있으면서 죽은 척하는 것이 어떻게 행복이겠는가. 그러니 다시 감정을 살려내야만 한다."라고 말한다. 다시 어린 시절로 돌아갈 수는 없지만 그 시절을 생각해보자. 다시 돌아간들 생각만큼 자신의 감정을 그대로 표현할 수는 없을지 모른다. 그러나 이렇게 살 수는 없다. 적절한 대안을 찾아야 한다. 우리 사회가 앞장서서 구성원들이 감정을 억압당하지 않도록 대안을 강구해야 한다. 군대에서는 집단운동을 기본적으로 장려한다. 끓어오르는 젊은 혈기를 운동으로 건강하게 해소하는 방법을 주로 사용하고 있다. 그 과정에서도 운동을 싫어하는 병사들도 많다. 차라리 그 시간에 개인이 가지고 있는 휴대전화로 사회와 격리된 시간을 보상받으려고 한다. 지자체에서도 지역 내 둘레길 코스라든지 체육공원 등 시민들의 정서적 안정을 위한 조치를 적극적으로 하고 있다. 내가 중고등학교를 다녔던 울산 태화강 대나무 숲이나 울기등대의 산책로, 전하해수욕장의 모래사장 등 놀랍도록 달라진, 추억이 가득했던 장소를 걷다보면 어느새 마음은 강바람 바닷바람과 함께 편안해짐을 느낀다. 바로 이런 아름다운 자연을 주변에 가까이 두고 이를 찾아가는 그 자체만으로도 순간순간 억압된 감정을 해소시켜 주는 괜찮은 방법 중 하나일 것이다. 이제는 자연도 사람도 서로가 서로를 품어주는 사회를 우리 모두 만들어 나가야 한다.

나를 _____
먼저 응원한다 _____

골프는 흔히 멘탈 게임이라고도 한다. 멘탈에 그만큼 민감하다. 혼자 하는 운동인데 왜 그럴까? 캐디가 일부 도움을 주지만 자신의 플레이에 대해서는 오롯이 그 책임이 본인한테 있기 때문이다. 5시간 이상 버텨내는 게임 운용 능력, 집중적인 체력관리, 정확하고 일관성 있는 샷 유지 등이 멘탈로 귀결될 수 있다. 사소한 휴대전화 울림이나 자신의 감정변화에도 민감해질 수밖에 없다. 누가 흔들림 없이 집중력을 잘 발휘하는가에 따라 그날의 성적이 좌우된다. 한때 타이거 우즈 선수는 연간 200만 달러나 지급하면서 유명한 정신 심리 의사에게 정기적으로 진료를 받았다고 한다.

전투에서도 마찬가지다. 적과 싸워 반드시 이기겠다는 강한 적개심(멘탈)으로 전투 의지가 불타올라야 승리할 수 있다. 이길 수 있을까 하는 의문이나 자신감을 상실하게 되면 승리할 수 없다. 우리가 살아가는 데 있어서도 '나는 반드시 성공할 것이다.'라는 긍정적인 마인드를 뛰어넘어 '나는 반드시 성공한다.'라는 확신이 있어야 무엇이든지 얻을 수 있다. 군에서는 부대별로 경례구호가 다양하다. 한때 내가 대대장으로 근무했던 5사단 경례구호는 다소 길었지만, "단결! 하면 된다!"였다. 답례도 그렇게 해야 한다. 하루에 몇 번이나 이구호를 외쳐야 했을까? 수십 번 아니 수백 번은 외친 것 같다. 아직도 가끔 귀에 쟁쟁하게 그 진한 메아리가 들리는 듯 착각할 때도 있다. 이 구호를 계속 내뱉으면서 느낀 것이 있었다. 두려움이 사라진다는 것이다. 왠지 모르게 대책 없는 자신감도 넘친다. 무슨 일이 닥치더라도, 아무 망설임 없이 "그래. 까짓거 해보지 뭐!"라는.

작전 부사단장으로 근무하면서 전방 철책에 있는 초급장교 근무현장을 자주 방문했었다. 공통적으로 느낀 점은 초급장교들이 자기를 돌볼 틈도 없이 오로지 부대와 병사들에게만 매달리고 있었다. 주간과 야간이 바뀐 철책지역에서 순찰 돌고 지쳐 쓰러지듯 자고 일어나기를 반복하는 일상. 나도 그땐 그랬다. 돌아보니 나를 돌보는 방법을 몰랐다. 자기 자신을 먼저 사랑하지 않는 이가 어찌 남에게 관대할 수 있을까. 비상시 안전 교육을 받아보면 안다. 다른 사람을 도우려면 내가 먼저 산소호흡기를 착용해야 한다는 것을... 안타까웠다.

골프는 여러 번 회생 기회가 있다. 이번 홀에서 실수했다면 다음홀에서 만회하면 된다. 이번 시합에서 잘못되면 다음 시합에서 잘하면 된다. 그럼에도 불구하고 가끔 실수를 한 선수 가운데는 마치세상이 끝난 것처럼 실망과 절망을 표현하는 선수들이 있다. 골프채를 집어 던지기도 하고, 집에 돌아와 실수를 자책하며 벽에 머리를 찧으면서 후회하는 사례도 있단다. 깜짝 놀란 부모가 골프를 그만두게 한 경우도 있다고 들었다. 오죽하면 그럴까도 싶다. 연습 때는 잘되다가도 막상 시합에서는 30cm 거리도 홀컵에 들어갔다가 훑고 나올 때도 있으니까. 그래도 잊을 것은 잊어야 한다. 까짓거 우승을 못하더라도 내 몸과 마음이 망가지면 더 큰 손해가 아닌가. 나를 먼저 돌보아야 한다.

우리가 매일매일 전쟁터 같은 이 세상에서 싸워야 할 상대는 쟁쟁한 경쟁자들이 아니라 바로 나의 멘탈인지 모른다. 철학자 파스칼도 '인간은 생각하는 갈대'라고 했다. 생각하는 만큼 흔들리는 존재다. 일체유심조(一切唯心造)! 원효대사가 잠결에 해골바가지에 담긴 물을 마시고 다음 날 알게 된 그 단순한 깨달음이 말해주는 것. '모든 것은 내가 마음먹기'에 달려있다. 오늘 하루도 잊을 것은 빨리 잊어버리고, 좋은 일이 있을 거라는 확신을 가져보자. 비록 멘탈 비용으로 거액을 낼 형편은 아니지만, 불확실한 이 세상 속에서도 자신감에 넘치는 사람은 언제나 아름답다. 지금은 비록 많이 부족하지만, 다음에 잘하면 되잖아. 나의 소중한 멘탈을 다독이며 오늘도 나는, 나를 먼저 응원한다!

이양역지(以羊易之)의 _____
만남 _____

맹자 곡속장(穀觫章)에 이양역지(以羊易之)라는 말이 나온다. 양과 소를 바꾼 이야기다. 인자하기로 소문난 제나라 선왕은 어느 날 제물로 끌려가는 소를 보게 된다. 그 소가 불쌍했던 선왕은 소를 놓아주어라고 명하며 소 대신 양으로 바꾸어서 제물로 바치라고 한다. 신영복은 『담론』에서 맹자는 이를 '관계'라는 것으로 해석을 한다고 했다. "소를 양으로 바꾼 이유는 양도 불쌍하기는 매한가지이나, 양은 보지 못했고 소는 보았기 때문이다. '본 것'과 '못 본 것'의 엄청난 차이가 있다. 생사가 갈리는 차이다. 본다는 것은 만남이다. 보고, 만나고, 서로 아는, 이를테면 관계가 있는 것과 관계없는 것에는 엄청난 차이가 있다"고 했다.

한때 육사교장을 지내고 후배들로부터 많은 존경을 받았던 모 장군께서 어느 강의에서 하신 말씀이 생각난다. 군에서 진급심사위원으로 여러 번 가보았는데 그때마다 괴로웠다고 한다. 그 가운데 인상 깊었던 한 사람에 대해 말씀하셨다. 장군 진급 심사대상자 두 사람 중 한 사람을 선발해야되는 상황이었는데 둘 다 능력과 인품이 훌륭해 심사위원들 간에도 갑론을박이 심해서 결정이 어려웠다고 한다. 결국 장군이 최종 결정을 해야만 했다. 마침내 한 사람을 선발했는데 그 이유는, "선발한 사람에 대해서는 함께 근무를 해보아서 잘 안다. 진급을 충분히 할 만한 사람이다. 다른 한 사람에 대해서는 한 번도 같이 근무를 해 본 적이 없기 때문에 사실 잘 모른다. 그래서 추천하기가 어렵다." 이유는 단지 그것이었다. '이양역지(以羊易之)'와 같은 경우이다. '아는 것'과 '모르는 것'의 차이일 뿐이다. 진급한 그 사람은 훗날 국방부 장관까지 했다고 한다. 결과론적으로 잘 선발했다고 볼 수도 있다. 나도 진급심사위원으로 들어가서 유사한 경험을 했다. 내가 목격한 인원에 대해서는 분명하게 추천할 수 있었다. 결국 누구나 '본 것과 못 본 것'의 범위를 넘지 못한다.

인간관계는 사회생활의 본질이다. 학교, 직장, 군대 등에서 우리는 많은 관계를 맺고 있다. 한때 군대에서 사조직 문제로 사회가 시끄러울 때 다니던 민간교회 목사님에게 "왜 군대에서 이런 일이 생기는지 모르겠다."라고 푸념한 적이 있다. 목사님은 "그것이 사람들이 살아가는 모습입니다. 자연스러운 겁니다. 예수님도 열두 제자만 챙기셨습니다. 구약성경 창세기에도 누구는 누구를 낳고, 다음 누구는 누구를 낳고… 계속 한참 동안 기술하는 것도 나의 패밀리가 누구라는 것을 알리기 위함입니다."라고 독특한 해석을 해주셨다. 정치권에서도 누구 라인이냐에 따라 선택을 받기도 하고 라인이 아니라서 비선되는 경우도 있다. 누구를 안다는 것이 이렇게 중요하다면 만남에만 집중하고 살아가야 할까. 실제로 그런 사람들이 더러 있긴 하다. 그런데 그들 대부분은 참으로 힘들고 핍박한 삶을 살아가는 것을 본 적이 있다. 과연 이들은 진정 행복한 걸까 하는 의문만 들었다.

그렇다면 공명정대한 정의가 우리 사회에는 없는 것일까. 반드시 그렇지는 않다. 대부분 사람들은 이 사회가 정상적인 정도(正道)로 나아가게 지키려고 애쓴다. 2016년에는 청탁금지법도 제정했다. 이처럼 불명확하고 불안정하게 되어 있는 관례나 관습은 체계적이고 합리적인 시스템으로 바꾸어 나가려고 노력하고 있다. 누구나 최선을 다하면 촘촘한 실타래 인연들과 때를 잘 만나서 이루어지는 좋은 행운을 잡을 수도 있다. 그런 행운의 기회조차도 최선을 다하지 않는 자에게는 쉽게 오지 않는다. 언제 어디서든 정성을 다하면 좋은 인연 좋은 만남이 '이양역지(以羊易之)'와 같은 관계로 쌓이게 될 것이다. 그렇다고 믿는다. 아니 믿고 싶다. 오늘도 나 역시 누군가에게 도움이 되도록 노력하겠지만, '동쪽으로부터 도움을 주는 귀인이 나타날 것이다.'라는 오늘 운세 정도는 한번 믿어보고 싶다.

준우승 _____
그 이상의 의미 _____

KLPGA(한국여자골프협회) 대회에서 마침내 딸이 준우승했다. 2010년에 프로골퍼로 정식 입문한 지 햇수로 10년 만이다. 드디어 1부 정규투어 대회에서 최고의 성적을 냈다. 'MY 문영 퀸즈파크 챔피언십' 대회 성과다. 우승은 아니지만 적어도 우리 가족에게는 더할 나위 없는 최고 쾌거였다. 그동안 물심양면으로 도움을 준 많은 사람들에게 정말 감사했다.

지난 시간들이 주마등처럼 스쳐갔다. 알다시피 KLPGA(한국여자골프협회) 프로선수들 수준은 가히 세계적이다. 이곳을 거쳐 간 우리나라 선수들이 한때 세계 랭킹 1, 2, 3위를 했을 정도니까. 이런 무대에서 버티는 것이 얼마나 어려운지 잘 알기에 첫 준우승은 우승만큼이나 우리 가족에겐 반가운 빅뉴스다. 우보만리(牛步萬里). 우직해도 꾸준하면 만 리를 간다는 소처럼 뒤늦게 각광을 받게 된 딸이 그렇게 자랑스러울 수가 없었다.

초등학교 6학년 때 아빠의 계룡대(육군본부) 근무를 계기로 엄마를 따라 실내 골프연습장에 졸졸 따라다니며 골프에 흥미를 느끼던 딸. 골프 중계를 즐겨보시던 외할아버지는 손녀가 체격 조건이 좋아서 열심히 하면 성공할 수 있다고 곁에서 간간이 격려했다. 딸도 골프선수 꿈을 조심스럽게 키워갔다. 여느 선수들처럼 중고연맹 시합을 오가다가, 프로 자격조건이 되는 당시 만 17세에(지금은 만 18세) 정식으로 입문했다. 연습과 시합 출전의 반복이었다. 그러나 결과는 그다지 만족스럽지 못했다. 그 인고의 시간들이 흘러 차곡차곡 쌓여 마침내 이제야 그 결실을 본 것이다. 포기하지 않으니 여기까지 오게 되었다. 잘 버티어 왔다. 오늘이 있기까지 때로는 스스로 좌절하고 자책도 수없이 했을 것이다. 본인이 스스로 선택한 골프였지만 더 이상 골프를 하지 않겠다고 선언한 적도 몇 번 있었다. 아무리 노력을 해도 기대한 결과는 나오지 않고, 전망이 보이지 않아 막막할 때면 "아빠, 난 소질이 없나 보다. 이젠 더 이상 하고 싶지 않아" 울면서 하소연할 때 나도 사실 막막했었다. "그래. 네가 정말로 그렇게 결정했다면 그렇게 하자. 엄마 아빠도 네 결정에 따르겠다. 그래도 이제껏 한 것이 아까우니 몇 달 남지 않은 올해까지만 해보자" 그렇게 스스로 결정하도록 두면 딸은 다시 골프채를 잡았고, 그러면서 여기까지 왔다. 매년 정규투어 시드권을 확보하는 것이 너무 힘들었다. 올해 목표도 내년 시드권을 확보하는 것이었다. 단 한 번 준우승으로 마침내 그 목표도 달성했다. 상금순위가 74위에서 34위로 급상승했다. 상금순위 60위까지만 주어지는 내년 시드권도 무난하게 확보했다. 매년 시드권 확보로 겪었던 중압감이 해소되니 준우승을 하고도 이렇게 만족스러울 수가 없다.

　본선 당일 혹시 아빠의 응원이 필요하지 않을까 해서 딸 매니저 역할을 하는 아내에게 "나도 현장에 갈까?"하고 물었다. 아내는 오지 않는 게 좋겠다고 한다. 딸에게 괜한 심리적 부담을 줄까 봐 결국 가지 않고 방송중계를 지켜보았다. 첫 홀부터 버디를 했다. 출발이 좋았다. 이어서 버디를 또 추가하여 선두권에 있는 선수들을 계속 압박했다. 전반전을 공동선두로 마쳤다. 후반전 마지막 3홀 전까지는 비등하였다. 이날 우승한 선수는 보기 드물게 정말 훌륭한 경기를 보여주었다. 딸도 잘했다. 경기 결과에 매우 만족하였다. 경기 도중 그리고 이후에 문자와 전화가 쇄도했다. 골프한다는 그 딸이 맞느냐, 저렇게 잘하는 줄 몰랐다고 다들 놀라워하며 격려의 말을 전했다. 나도 골프 채널을 이렇게 많은 사람들이 보고 있는지 몰랐다. 예전에는 딸이 골프선수라고 하면, '제대로 되겠어? 아무나 하는 게 아니야. 그러다가 돈과 시간만 낭비하고 말걸?' 말없는 그들의 의구심을 알게 모르게 느끼곤 했다. 그들이 비로소 틀렸다는 것을 이번 경기로 증명해 보였다. 골프선수로 키운다는 것이 결코 쉽지 않았다. 가족 중 누군가 희생적인 돌봄과 그로 인한 가족 배려가 절대적으로 필요하다. 무엇보다 딸이 골프를 그토록 하고 싶어 했다. 시합 결과에 상관없이 운동을 통해 건강함을 배우고 인생의 즐거움을 찾는다면, 부모로서 도움을 주는 것이 당연하다고 생각했다. 나는 연습이나 시합 결과에 대해 이러쿵저러쿵 크게 관여를 하지 않는다. 딸을 지켜보고 그 의견을 존중한다. 평소 연습량도 본인 결정으로 맡겨둔다. 하여튼 이날 준우승은 그동안 모든 우려와 능력에 대한 불신도 한 방에 해결해 주는 결과를 낳았다.

모든 스포츠가 그렇지만 특히 골프는 별도 심판 없이 공정한 룰(규칙)이 적용되는 스포츠로 유명하다. 선수끼리 서로 심판이다. 특혜도 없다. 본인 실력이 중요하다. 반면에 실력 향상을 위한 레슨에는 현실적으로 과다한 비용이 든다. 제대로 갖추려면 스윙, 퍼터, 멘탈, 헬스 등 각 분야별로 레슨을 받아야 한다. 딸은 프로 데뷔 이후 제대로 레슨을 받지 못했다. 거의 독학하다시피 했다. 2부 드림투어에서 우승을 3번 했을 때도 주변 사람들은 놀라워했다. 당시 언론에서도 '독학으로 우승한 곽보미 선수'라는 제목으로 보도되기도 했었다. 언젠가 딸에게 "넌 아빠 어디를 닮았을까?"하고 물어본 적이 있다. 딸은 "내가 아빠를 닮지 않았다면 벌써 골프를 그만두었을걸?"이라고 한다. 아빠의 군인정신을 물려받긴 받았나 보다. 딸은 아는 언니 오빠들에게 영상을 찍어 보내서 자세를 교정하며 연습하기도 했다. 재정적인 뒷받침을 제대로 해주었더라면 더 일찍 두각을 나타낼 수 있었을 텐데 하는 미안함과 아쉬움이 늘 남아 있다. 어느 해에는 더 이상 시합비용을 충당하기 어려웠던 때도 있었다. 그때 지인 11명이 '보미펀드'를 만들어 2,000만 원 시합비용을 후원해주었고 3년 뒤 약속한 이자까지 포함하여 돌려주었던 적도 있었다. 준우승 이후에 변화가 왔다. 골프 옷과 메인 스폰 후원업체도 다시 생겼다. 동네 아파트 세탁소 주인도 캐디를 했던 동생을 바로 알아보고, 오는 사람들에게 우리 아파트에 골프 준우승한 프로선수가 살고 있다고 소문낸다고 했다.

　사실 나는 최근 몇 년 동안 골프를 거의 하지 않았다. 딸 애환이 묻어나는 골프를 혼자 즐기기 위해 골프장을 찾아가는 것이 왠지 미안했다. 하지만 이제 다시 골프를 시작해도 되겠다는 마음이 슬그머니 고개를 들고 있다. 물론 고질적인 아재 폼부터 교정하면서.

　"잘했다. 이 맛으로 골프를 하는 거야. 아빠는 우승한 것과 같다고 생각한다. 우승보다 멋진 준우승이다."

　전화로 딸에게 축하했다. 평소 침착하던 딸 목소리도 매우 밝고 들떠 있었다. 아내도 마찬가지였다. 처음으로 정규 시합에서 준우승을 하였으니 모든 것을 보상받은 기분이었을 것이다. 본선 전날 "정말 단독 준우승이라도 했으면 좋겠다."라고 했던 아내다. 시합이 열리는 전라도 무안, 군산 등으로 몇 시간 동안 내려갔다가 탈락하여 복귀할 때 느꼈던 아쉬움과 애틋함, 눈물들이 이젠 눈 녹듯이 모두 흘러내렸으리라. 뽀얗던 아내의 얼굴에도 수년간 햇빛을 쫓아다니느라 퍼져버린 기미 너머로 웃음꽃이 만발하였다.

　〈이태원클래스〉 드라마에 나온 '나는 다이아몬드'라는 시가 있다.

　"나는 돌덩이. 뜨겁게 지져봐라. 나는 움직이지 않는 돌덩이.
　거세게 때려봐라. 나는 단단한 돌덩이. 깊은 어둠에 가둬봐라.
　나는 홀로 빛나는 돌덩이. 부서지고 재가 되고 썩어 버리는 섭리마저
　거부하리. 살아남은 나… 나는… 나는… 다이아."

다시 시작이다. 앞으로도 딸에게는 더 많은 어려움과 시련이 기다리고 있을 수도 있다. 그래도 지금처럼 끝까지 포기하지 말고 날개를 더욱 단단히 곧추 세우길 바란다. 잘 버티고 견뎌서 더욱더 빛나는 다이아가 되길 바란다.*

---

* 딸은 마침내 2021.5.9일 제7회 교촌 허니 레이디스컵 대회에서 프로데뷔 11년만에 205개 대회째(1부투어에서는 85전 86기) 감격스러운 첫우승을 했습니다.

페르소나 인생, _____
단순하게 살아가기 _____

개인을 지칭하는 영어 단어 person은 배우의 가면을 뜻하는 라틴
어 페르소나(persona)에서 파생되었다고 한다. 사실 우리는 날마다 여
러 개의 가면을 쓰고 살아간다. 가정에서는 부모, 자녀, 형제, 사위
와 며느리의 가면으로, 학교에서는 교직원과 학생, 직장에서는 각각
맡은 직책으로, 일상에서는 또 다른 나만의 가면으로 수시로 변장
을 한다. 그래서 매일 바쁘고 복잡하게 사나 보다. 영화 〈82년생 김
지영〉에서도 주인공 김지영은 아내, 엄마, 동료, 며느리, 딸, 누나 역
할을 동시에 해내는 과정을 그리고 있다.

오래전에 성철 큰스님이 살아계실 때 백련암에서 들었던 이야기이
다. 당시 많은 사람들이 큰스님에게 인생의 지혜를 얻고자 찾아왔
다. 그중 어떤 이는 어린 아들을 데리고 왔던가 보다. 아무리 졸라
도 덕담은커녕 어린 아들과 놀기만 하더라는 것이다. 곁에서 지켜보
았던 보좌 스님 왈, "어린이 같은 마음으로 살아라."라는 가르침이라
고 해석해 주셨다. 어린이 같은 마음이란 무엇일까. 순수, 순진, 겸

손, 간단, 단순. 이런 이미지가 아닐까. 예수께서도 누가 가장 큰 사람인가로 다투는 제자들을 향해, 어린이를 옆에 앉히시고 "너희 가운데서 가장 작은 사람이야말로 가장 큰 사람이다."라고 하셨다(루카 9.46-50).

어린이는 이해관계나 타산을 따지지 않는다. 여러 개 가면도 쓰지 않는다. 복잡하지 않다. 몰라서 높은 위치를 바라지도 않는다. 어른으로 성장하면서 점점 복잡해진다. 잘못했으면 "잘못했다." 하면 될 것을 자존심 때문에 주변 눈치를 보느라 망설인다. 단순한 문제도 더 복잡하게 꼬이게 한다.

전쟁 원칙에도 '간명성'이라는 요소가 있다. 작전명령도 복잡하면 안 된다. 단순해야 한다. 그래서 군인들은 평상시에도 작전명령 5개 항(상황, 임무, 실시, 전투근무지원, 지휘 및 통신)을 간단명료하게 하달하는 훈련을 한다. 전투할 때 군인은 당장 싸울 최소한의 총기와 군장만 있으면 된다. 100세 철학자 김형석 교수는 저서 『행복 예습』에서 '전방부대를 방문하여 강연할 때면 군단장실이나 사단장실에 들르곤했다. 그들은 꼭 필요한 몇 가지 물건만 사무실에 놓고 있었다. 신속한 행동을 위해 불필요한 물건은 갖고 다니지 않는다. 그런 것을 보면서 나도 저렇게 꼭 필요한 물건들만 지니고 힘차게 사는 방법은 없을까 하는 부러움을 느끼기도 했다.'라고 언급한 적이 있다. "때로 침묵은 가장 강력한 언어"라는 것을 보면 말도 줄일 필요가 있다.

오늘도 여러 개의 가면을 바꿔가며 복잡하게 살아가는 현대인. 이젠 단순했던 그 어린 시절로 다시 돌아갈 수는 없다. 그렇다면 다양한 페르소나의 갈등을 생활 속에서 간명함과 사고(思考)의 단순함으로 풀어보면 어떨까.

불필요한 물건을 줄이고 최소한으로 살아가는 미니멀 라이프(minimal life)에 대한 관심이 지금도 뜨겁다. 공간과 시간을 확보하여 조금이라도 덜 복잡하게 살아가려는 현대인의 몸부림이리라. 돌아보면 군 생활 간 잦은 이사에 불필요한 것을 하나씩 버리는 것도 나름대로 의미가 있었다. 인생도 지극히 단순할지 모른다. 생로병사(生老病死), 이 간단한 원리를 툭하면 잊고 산다. 그 본질을 생각해보면 대부분 쉽게 해결될 수 있다. 복잡하게 얽힌 관계 속에 넘쳐나는 널브러진 명함과 직함들. 또 다른 가면을 찾아 여기저기 기웃거릴 게 아니다. 견디기 어려울 정도로 무거운 가면부터 우선 하나하나 벗어버리자. 과분(過分)하면 항상 탈이 나는 법. 거상(巨商) 임상옥이 곁에 두고 '넘침'을 경계했다는 '계영배(술잔)'가 생각난다. 단순한 생활의 출발은 정리정돈이다. 내 인생의 휴지통부터 비워야겠다. 페르소나 인생, 끊임없는 자아 성찰이 필요하다. 아! 어린아이처럼 가벼운 단순함으로 다시 돌아가고 싶구나.

행복 리스트가 주는 _____
행복의 재발견 _____

툭하면 안타까운 연예인 자살 사건이 발생한다. OECD가 발표한 2019년 건강현황보고서에 따르면 2019년 국내 자살률(10만 명당 자살 사망자 수)은 25.6명으로 OECD 회원국 가운데 1위다. OECD 국가 평균 7.3명보다 훨씬 높은 수치이다. 현재 국내총생산(GDP) 규모 세계 11위의 소득 수준과 행복감은 반드시 비례하지 않는다. 자살 이유는 제각각이겠지만 결국 삶이 행복하지 않기 때문이 아닐까. 우리가 하루에 얼마만큼 행복한 시간을 보내며 살고 있는가에 대한 한 연구결과에 의하면, 대부분 겨우 3% 약 42분만 자신이 좋아하는 일을 하며 보낸다고 한다.

누군가 '행복 리스트' 만들기를 추천했다. 나를 행복하게 만드는 것을 리스트에 계속 추가해보면 그것을 보는 것만으로도 행복해질 수 있단다. 나도 해보았다. 어떤 날은 하루에도 몇 번, 때로는 며칠 만에 쓸 때도 있었다. 시간이 지나 찬찬히 읽어보았다. 행복(happiness)의 본뜻은 행운(good fortune)이라고 한다. 행복했던 시간을 다시 돌아보는 것도 하나의 행운이었다. 행복 리스트에서 공통점을 발견했다. 대부분 '사람 관계'에서 행복이 비롯된다는 사실이다. 혼자 명상이나 연구, 취미활동을 하면서도 행복할 수 있겠지만, 서로 공감하고 나를 인정해주는 이와 함께 있기에 더 행복할 수 있었다. 행복의 반대말은 가난도 질병도 아닌, 고독한 삶이라는 사실을 일깨워 준다. 좋은 사람을 만나는 것은 정말 행운이다. 행복해지기 때문이다. 사람에게 받았던 상처는 결국 사람으로 치유해야 한다는 걸 알았다.

"오랜 고생 끝에 맛본 행복은 야속하게도 며칠 가지 않는 경우가 많다. 인간의 감정은 변하지 않는 것에는 더 이상 반응하지 않기 때문이다." 서은국 심리학 교수가 좋은 사람을 자주 만나고, 멋진 추억을 많이 공유해야 한다고 말하는 이유다. 고마운 표현도 습관이다. 행복 리스트를 써보니 고마움이라는 감정은 내면에서 쉽게 전염된다는 것을 알았다. 우리는 타인과 무한 경쟁의 사회에서 살아온 탓인지 잘 만족하지 못한다. 남이 잘되는 것만 비교하게 되면 상대적 박탈감으로 더 초조해진다. 선조 때 재상 이원익은 '뜻과 행동은 나보다 나은 사람과 비교하고, 분수와 복은 나보다 못한 사람과 비교하라(志行上方 分福下比)'고 했다. 운동선수가 어렵게 예선을 통과하고도 본선 성적이 좋지 못해 불행하다면, 예선에서 탈락한 선수보다 나은 것이 무엇인가. 결과보다 과정이 있음에 기뻐하고, 범사에 고마워할 줄 알아야 더 행복해진다. 우리는 고마움을 표현하는 태도도 다소 서툴다. 당연한 듯 무심하게 받아들이기도 한다. 오히려 제때 표현하지 못하면 오해가 생길 수도 있다. 진심이 담긴 고마운 표현은 모두를 행복하게 만든다. 나도 언젠가 고맙다고 말하리라 생각만 하고 지나친 경우가 더러 있다. 행복은 생각뿐만 아니라 경험한 행동에서 우러나온다. 우리가 감사하지 못하는 세 가지 이유는 첫째, 교만, 곧 내가 기준이 되어야 하기 때문에, 둘째, 비교의식 때문에, 셋째, 인간의 끝없는 탐욕 때문이라고 성경학자 아더 핑크는 말했다.

시한부 암환자들의 마지막 행동은 대체로 두 가지다. 끝까지 투병하는 경우와 시한부를 인정하고 남은 생을 정리하는 경우다. 때로 투병에 실패한 이들은 "고맙고, 함께해서 행복했다"라는 쉽고도 소중한 인사말조차 못하고 무심히 떠난다. 이별여행 등으로 짧지만 새로운 추억을 서로에게 남기고, "사랑했고, 고맙다"는 말을 충분히 나누며 떠난 이들과는 차이가 난다.

홀연히 자살자를 떠나보낸 주변 지인들은, 생전에 도와주지 못했음이 오랫동안 트라우마로 남는다고 한다. 행복은 의도적으로 찾아오는 게 아니라, 자연스럽게 겪는 좋은 감정의 경험들이라고 했다. 평소 고마운 표현과 좋은 감정의 경험들을 함께 그리고 자주 나누는 기회를 갖는 것도 행복의 재발견이 될 수 있겠다.

힘들수록 _____
"Back to the Basic!" _____

　미국 여자 프로골프(LPGA)에서 활동 중이던 김세영 프로가 투어 사상 72홀 역대 최저타와 최다 언더파라는 세계 신기록으로 우승한 적이 있었다. 우승 소감에서 그녀는 자신을 믿고 후원해주던 회장의 조언이 큰 힘이 되었다고 했다. 그 조언은 단순했다. "전체적으로 스윙할 때 너무 힘이 들어간다." 그런데 그녀는 누구나 해줄 수 있는 그 조언을 듣는 순간, 마치 오랫동안 소중히 간직하고 있다가 잃어버렸던 뭔가를 다시 찾은 기분이 들었다고 한다. 골프를 처음 배울 때 귀가 따갑도록 들었던 조언이었는데 말이다. 바로 '기본으로 돌아가라'는 것이다.

　제나라 경공이 정치에 관해 묻자 공자는 "군군신신 부부자자(君君臣臣 父父子子)"라고 답했다. 자기 직분인 기본에 충실하라는 거다. 힘들수록 난관을 극복하려니 오히려 불필요한 힘이 더 들어갈 수도 있다. 힘들수록 힘을 빼고 다시 기본으로 돌아가야 한다. 음수사원(飮水思源). 물을 마실 때도 갈증해소에만 만족하지 말고 근원을 생각한다는 말처럼, 기본으로 돌아가 보아야 비로소 왜 이런 문제가 발생했는지를 알 수 있다. 세월의 무게에 짓눌려 불가피하게 엉켜있는 소소한 문제들을 하나씩 찾아내어 그 실마리를 풀어나가야 한다.

영화 〈신과 함께(인과 연)〉에서도 가택의 신이 '잘 안 풀릴 때는 거꾸로 생각해봐'라는 대사가 나온다. 예를 들자면 군대에서 부여된 작전임무를 완수하기 위해 '전술적 결심 수립절차'라는 논리적 과정을 거친다. 이 과정에서 지휘관이 하달하는 계획지침에 'End State(최종상태)'라는 개념이 있다. 계획 초기부터 이 임무를 완료하게 되면 최종적으로 어떤 모습이 되어야 한다는 것을 미리 시작단계에서 구상해보는 것이다. 매사가 시종일관(始終一貫) 잘 유지되기가 어렵다. 일이 순조롭게 잘 풀리지 않을 경우에는 지금까지 거품현상을 과감하게 제거하고, 계획 당시 초기 모드로 돌아가 무엇이 문제인가를 잘 따져보아야 한다.

나는 대대장으로 부임했던 초기에 의욕만 넘쳐서 부대원들의 정서는 무시하고 무리하게 지휘를 한 적이 있다. 당연히 부하들이 힘들어했다. 그래서 간부들에게 당분간은 이전 지휘관 방식대로 하라고 했다. 간부들은 환호했다. 나는 그들과 조금씩 교감해가면서, 무리하지 않고 서서히 바꾸어 나갔다. 1년 뒤 원했던 대로 내 방식으로 모두 변화시켰다. 그때 알게 되었다. 일이 잘 풀리지 않게 되면 무엇이 문제인가. 본질은 무엇인가를 우선 생각해본다. 기본으로 돌아가서 다시 점검해보고, 결코 서두르지 않고 기다려야 한다는 것을 알았다.

기적은 결코 우연히 이루어지지 않는다. 매일 조금씩 꾸준히 준비하는 자만이 그 기적을 맛볼 수 있다. 인생은 우연과 필연의 연속이라지만 우연히 우승을 거머쥐는 선수는 거의 없다. 대부분 운동선수들은 짜릿한 승리의 쾌감보다 실패의 좌절로 쓰라림을 경험하는 시간이 훨씬 많다. 성공한 골프 프로선수들도 시합이 뜻대로 풀리지 않을 때는 기본으로 다시 돌아가서 힘부터 빼는 연습을 한다. 1m 거리 퍼팅 연습을 100번 반복하기 등 땀과 눈물과 인내의 시간만이 그 달콤한 승리의 기적을 보장할 수 있다는 것을 알고 있다.

우리 사회 곳곳에서 갈등의 목소리가 넘쳐난다. 흔히 바둑을 둘 때 승부에 집착하여 몰입하다 보면 객관적이고 냉철한 시각을 놓칠 수 있다. 오히려 구경하는 사람들이 수를 더 잘 읽을 수 있다. 김세영 프로에게 조언했던 회장처럼 '한 걸음 물러서서' 전체를 조망해보고, 모두 각자 위치에서 혹시 놓치고 있는 기본이 무엇인가를 다시한번 생각해볼 때이다.

밥 묵었나? _____

    지금도 퇴근하면 듣는 말이다. "곽 서방. 밥은 묵었나?" 장모님의
그 질문을 하도 많이 듣다보니 때로는 다소 듣기 싫을 때도 있다. 가
끔 먹지 않았어도 일단은 "네. 먹고 왔습니다." 하고서 넘어간다. 식
구(食口)는 함께 '밥을 먹는 구성원'. 즉 패밀리다. 그래서 얼굴만 보
면 밥 먹었는지부터 확인하게 된다. 내 식구 챙기느라. 식구가 아니
라면 물어보지도 않는다.

    할아버지가 살아 계시던 때 농촌에서는 저녁 식사 후에는 의례이
어른들이나 아이들은 이 집, 저 집으로 마실을 다녔다. 다니면서 서
로 눈만 마주치면 주고받는 인사말. "진지 잡삿능교(드셨습니까)?" 진
짜 밥을 먹었는지를 물어본다기보다는 그냥 하는 인사말이다. "안녕
하세요?" 대신 사용하는 인사말이 "밥 묵었나?"이다. 하도 가난했
던 시절에, 밥도 먹기 힘들어서 확인 차 한 인사말이라고도 한다. 하
여튼 그럼에도 "밥 묵었나?" 이 인사말을 제외하고는 적절한 인사말
이 없다. 군대에서도 식사시간 전후로 만나면 이구동성으로 하는 인

사말. "식사하셨습니까?", "밥은 먹었냐?"이다. 대한민국이 온통 "밥 먹었나?"이다.

청탁금지법이 시행된 이후에 공직사회에서는 누구에게 밥 한번 먹자는 말을 하기가 쉽지 않다. 전역(퇴직)하면 대체로 현역들과는 관계가 멀어지게 된다. 업무상으로 연락을 취할 일도 별로 없고 괜히 연락하게 되면 현직에 남아있는 이들에게 방해만 끼칠 것 같아서 자연스럽게 멀어지게 된다. 잘 알고 지내던 동기생들도 마찬가지이다. 서로 재취업을 위해 바쁜데 자주 연락하기가 망설여진다. 참모총장을 마치고 전역하신 분조차 "내가 그 부하를 위해 얼마나 잘 해주었는데 그놈은 연락 한번 없더라." 다소 섭섭해 하시는 모습을 보았다. 막상 퇴직하고 나오면 현실은 생각보다 더 차갑다. 그러다보면 "밥 한번 묵자"라는 인사가 차일피일 미루어지고 멀어져만 간다. 국회에서도 "언제 우리 밥 한번 먹자"라고 인사하면 3개월이 지난 뒤에야 볼까 말까 한다는 이야기가 있다. 밥을 같이 먹는다는 것은 의외로 생각보다 쉽지 않다. 1~2시간 이상을 서로 마주보면서 밥을 먹는 관계는 매우 친밀하거나 분명한 이해관계가 있어야만 가능한 일이다. 유명인과의 식사는 꽤 비싼 돈을 지불하고서야 가능한 경우도 있다. 나이가 들수록 서로 마음이 동하지 않거나 이해관계가 일치하지 않는 경우에는 무리한 식사자리를 피하기 마련이다. 식사자리는 우리가 모든 긴장을 풀어놓고 편하게 서로 마음을 잘 전달할 수 있는 자리이다. 때로 분명한 목적을 달성해야 하는 자리이기 때문에 최대한 서로 불편함이 없어야 하는 공간이다.

돌아가신 장인어른도 함께 지내는 동안 내가 가장 많이 기억하는 말이 "곽 서방, 식사는 드셨는가?"이다. 그 이외의 말은 별로 들은 기억이 없다. 처음에는 장인어른이 어찌 그 많은 말 가운데 그 말밖에는 없으실까 하고 불평 아닌 불만을 가진 적도 있었다. 그런데 10여 년 이상을 함께 지내다 보니 딱히 그 말밖에는 없다는 것도 알았다. 그리고 그 말이 사랑의 또 다른 표현이라는 것도 알았다. 영화 〈아바타〉에서는 사랑한다는 표현 대신에 'I See You'라고 한다. 사랑하기 이전에 먼저 사랑하는 대상을 바라보아야 하지 않을까. 그 사람이 무엇이 필요한지. 주목하지 않고서는 소통이 어렵다. 그래서 우리는 그 사람이 지금 배고프지 않을까 하는 근본적인 애정으로 밥은 제대로 먹고 다니는지를 우선 살펴보는 듯하다. 내가 결혼한 이후에도 어머니는 통화할 때마다 "밥은 잘 먹고 다니냐?"이다. 나 또한 아이들이 밖에 나가 있을 때 전화통화라도 하면 항상 그 많고 많은 말 가운데 "밥은 잘 먹고 다니냐?" 이다. 밖에 딱히 할 말이 없다. 오늘도 퇴근 후에 어김없이 나의 가족에게 물어볼 것이다. "다들 밥 묵었나?"라고.

타지마할, <u>   </u>
그 영원한 사랑 이야기 <u>   </u>

'독서는 앉아서 하는 여행이고, 여행은 서서 하는 독서'라고 조정래 소설가는 말했다.

딸이 인도에서 열린 '아시안-유로피안 여자 오픈 2014' 골프시합에 참가한 적이 있었다. 내가 매니저로 나섰다. 원래 아내가 매니저역할을 해왔지만, 약 10시간 장거리 비행에 멀미를 두려워한 아내덕분에 고맙게도(?) 대신 인도 여행을 따라나서게 되었다. 대회는 뉴델리 시내 한복판에 있는 델리 골프장에서 열렸다. 이 골프장은 도심지 한가운데 숲이 매우 우거진 오래된 곳이었다. 골프장 필드 곳곳에 우리나라에서는 보기 드문 공작새들이 떼거리로 몰려다니고있었다. 드라이버 골프채는 별로 사용할 수 없는 아이언 거리 위주로 거리가 비교적 짧은 골프장이었다. 장타자로 드라이버 사용이 장점인 딸은 열심히 하였으나 아쉽게 예선전에서 탈락했다. 낯선 골프장에 빨리 적응을 하지 못한 결과였지만, 이틀 예선 결과 1점 차이로 아쉽게 탈락했고 결선전을 치르지 않아 출국까지 하루라는 시간을 벌었다. 언제 다시 이곳 인도에 올 기회가 있겠는가. 딸과 함께 죽기 전에는 꼭 가보아야 한다는 '타지마할'을 방문하기로 했다.

최근에 환경오염 등의 이유로 새하얀 대리석 타지마할이 갈색, 녹색으로 변하고 타지마할 뒤편에 있는 야무나강이 오염되어 벌레가 들끓고 있다는 뉴스를 들었다. 우리가 갔었던 당시에도 그 아름다운 건물에 새똥 흔적들은 많았다. 머드팩 청소 등으로 보수작업을 하는 모습은 종종 목격했지만 관광하는데 방해될 정도는 아니었다. 뉴델리에서 약 200km 북쪽 아그라시에 위치한 타지마할을 관광한 소감은 다소 충격적이었다. 사진으로는 너무나 익숙한 명소였지만 현장의 느낌은 생각보다 대단했다. 칭기스칸 후손인 무굴 제국의 수도였던 아그라시 남쪽에 위치한 궁전 형식의 아름다운 무덤. 타지마할은 황제 샤 자한(Shah Jahan)이 너무나 사랑했던 뭄타즈 마할 왕비에 대한 사랑의 상징이자 제국의 위대함을 세상에 드러낸 멋진 건축물이었다. 샤 자한은 시장에서 자질구레한 장신구를 팔고 있던 열아홉 살 처녀 바누 베감을 보고 한눈에 반해 왕비로 맞아들였다. 그녀를 끔찍이 사랑한 황제는 그녀에게 '궁전의 꽃'이라는 의미인 '뭄타즈 마할'이라는 이름을 지어주었다. 타지마할은 '마할의 왕관'이라는 뜻이다. 뭄타즈 마할은 샤 자한의 두 번째 부인이다. 5,000명의 후궁이 있었지만 샤 자한이 사랑해서 결혼한 사람은 뭄타즈 마할이 유일했다고 한다. 마할은 17년간 함께 한 아내인 동시에 정치적인 조언자였다. 임신한 몸으로 남편과 함께 출정한 데칸고원의 전쟁터 근처 천막에서 14번째 아이를 낳은 뒤 열병으로 39살이라는 젊은 나이에 급

작스럽게 세상을 떠나고 만다. 충격이 컸던 황제는 하루아침에 머리카락이 백발로 변했다. 또한 황제는 왕비가 마지막 숨을 거두기 직전 세상에서 가장 아름다운 묘지를 지어주겠다는 약속을 지키기 위해 아그라성에서 가까운 야무나강변에 이 건축물을 지었다. 22년 공사기간 동안 매일 2만여 명의 사람들이 동원되었다. 건물 전체가 흰 대리석으로 이루어진 타지마할은 동서남북 어느 방향에서 보아도 완벽한 대칭을 이룬 건축물이다. 타지마할 건물 벽마다 우아한 꽃과 코란(이슬람교 경전), 독특한 문양의 조각, 반복적인 문양으로 장식된 다양한 작품들을 볼 수 있다. 정말 아름다웠다. 꼭 와보고 싶었던 곳. 한 남자의 위대한 사랑을 이야기하는 건축물을 직접 바로 눈앞에서 쳐다보게 되니 참으로 가슴 벅찬 경험이었다. 이 공사에 소요되었던 모든 경비는 샤 자한이 국민들에게 세금을 한 푼도 올리지 않고 오로지 개인 현금으로 지불했단다. 자신이 가진 권력과 재산을 이용해 타지마할을 건설했지만 아들 아우랑제브는 샤 자한의 무차별한 재산낭비가 왕국을 위험에 빠뜨렸다는 이유로 왕위를 찬탈한다. 샤 자한은 생애 마지막 8년을 아그라성에서 보냈다. 아버지의 유일한 소원대로 아그라성에서 타자마할을 내려다볼 수 있도록 해주었다. 사랑했던 여인을 죽어서도 잊지 못했던 샤 자한 황제가 아그라성에 유폐되어 아내가 누워있는 타지마할을 바라보며 죽었다는 것도 참으로 아이러니하다. 지금 처세로 당시를 이해할 수는 없지만 아무에게나 애정을 부담 없이 주고 쉽게 잊어버리는 현대의 연애 흐름과는 다른, 경종을 울리는 무엇인가가 있었다. 하여튼 사랑하는 연인들이나 부부가 살다가 다소 지칠 즈음에 이곳을 찾아본다면 여러모로 생각이 새로워질 수 있겠다 싶었다.

　타지마할에서 나오면서 근처에 있는 아그라성을 찾았다. 레드 포
트(Red Fort)라 불리는 아그라성을 찾을 때는 그냥 델리시내에서 보았
던 궁전 델리포트와 별반 뭐가 다르겠는가 하고 큰 기대를 하지 않
았었다. 그런데 직접 들어가서 보니 아! 이것 또한 대단한 건축물이
었다. 무굴 제국 황제 악바르는 수도를 아그라로 옮기면서 군사 시설
을 겸비한 왕궁을 1565년부터 시작하여 1573년에 완공하였는데 바
로 아그라성이다.
　샤 자한이 황제가 된 후 평화정책을 견지해 타국과의 전쟁이 일어
나지 않을 것으로 예상하고 궁전으로 바꾸었다. 성벽과 성문이 붉은
사암으로 만들어져 '붉은 성'이라고도 불리는 아그라 성은 밖에서 보
면 천상 견고하고 딱딱한 요새다. 2.5㎞ 길이 성곽이 높이 21~30m
로 샤 자한의 아들 아우랑제브가 외부 성채를 건설하고 이중으로
된 성벽 사이에 물길인 해자를 설치했다. 일정한 간격의 원형 망루
와 화살을 발사할 수 있는 난간과 구멍도 있었다. 인도무관을 지냈
던 동기생에게 들어보니 현재까지도 일부 시설은 군사시설로 사용되
고 있다고 한다. 견고한 성벽 안에 감춰진 내부는 사뭇 다른 분위기
다. 크고 작은 궁전과 모스크, 정원의 테라스와 분수대는 자무나강
건너편에 있는 타지마할이 그렇듯 동화적인 아름다움과 화려함의 극
치를 보여준다. 든든한 외벽과 달리 성 안은 여러 채의 건물과 정원
수 등으로 화려하게 꾸며져 있다. 페르시아풍과 힌두풍이 어우러진
여러 궁전 건물과 모스크는 대부분 타지마할처럼 흰 대리석으로 지

어 놓았다. 아그라 요새 관람의 하이라이트는 황제가 말년에 갇혔다는 무삼만 버즈다. 날씨가 맑은 날에는 이곳에서 야무나강 건너편에 서 있는 타지마할의 아름다운 풍경을 감상할 수 있다. 마치 수면에 떠 있는 듯 신비로운 분위기를 자아낸다.

군인 출신으로 이렇게 해자가 설치되어있고 붉은 사암 벽으로 꽁꽁 둘러싸여 너무나 견고하게 잘 보존된 성을 현장에서 직접 보면서 매우 감탄했다. 국내에도 남한산성이나 수원성 그리고 행주산성 등 잔존하는 여러 성들을 보아왔지만 이곳과는 사뭇 다르다. 무굴제국 시대에 이렇게 강력한 군사적인 요충지를 만들고, 아름다운 궁전을 만들었다는 것이 그 당시 인도 문화와 국력임을 알 수 있었다. 타지마할 현장에서 느낌과 멀찍이 아그라성에서 바라본 타지마할은 당시 황제의 사랑 스토리가 겹치면서 숨이 막힐 듯 애잔하였다.

아이와 엄마가 함께 있을 때 엄마는 아이보다 10배 이상의 큰 위로를 받는다는 이야기가 있다. 아이는 엄마에게 아무 것도 해 준 것이 없는데, "그냥 거기에 있어준 것"만으로 아이는 엄마에게 많은 위로를 준다고 한다. 아그라성에서 타지마할을 바라보는 황제의 심정이 이와 같지 않았을까. 사랑하는 이를 생각나게 하는 그 자체만으로 큰 위안이 된 위대한 사랑이야기.

인도 여행은 서서 하는 독서처럼 한 권의 러브스토리를 감명 깊게 읽고 돌아온 느낌이었다.

2장

존재 / 그리움 / 자유

내 존재 이유를 찾는 것이 _____
우선이다 _____

"… 우리가 소유하고 있다고 생각하는 것들은 모두 허상일 뿐이다. … 인생은 매우 짧고 귀중하다. 끝없이 무엇인가를 찾아다니는 것이 모든 사람의 고통과 번뇌의 원인이다. 그래서 순간순간 삶을 온전히 즐기지 못한다 … 대부분 사람들은 하루 종일 '나에 갇히기'를 하고 있다. 외부에서 무엇을 찾아서 행복해질 수는 없다. 행복이란 우리 내면의 고갈되지 않는 근원으로부터 솟아나서 퍼지는 것이기 때문이다."

    – 『알아차림의 기적』 중에서, 아남 툽텐

불교에서는 사람의 선한 본성을 해치는 세 가지 독이 있다고 한다. 욕심내는 탐(貪), 성낼 진(瞋), 어리석을 치(癡)이다. 인간은 대부분 짧은 인생을 오로지 이 세 가지로 탕진한다고 본다. 제대로 사회로 나갈 준비도 없이 군에서 바로 전역하다 보니, 군 생활 동안 아무리 국가와 민족을 위해 내 목숨 다 바쳐 일했노라고 주장한들 누구 하나 귀 기울여 들어줄 이가 없다는 사실과 과연 나는 진심으로 그런 생활을 하였는가? 현재 나에게 남은 것은 무엇인가? 등 자괴감에 빠져 스스로 힘든 때가 있었다. 아남 툽텐은 '생각이 지어낸 허구의 이야기들을 없앨 수 있고 고통, 집착, 착각, 강박이 일으키는 괴로움을 떨쳐서 모두 놓아버릴 수만 있다면 깨달음이 일어날 것이다'라고 했다. 그게 어디 쉬운 일인가.

전역 후 흔들거리고 있을 때 우연히 지인들과 중국여행을 함께 했다. 상하이에 있는 복단 대학을 방문해보고 상하이 시내 신천지, 박물관, 사찰 등과 호반의 도시인 소주에 가서 옛 관료와 지주들이 꾸민 멋지고 오래된 정원 등을 둘러보았다. 여행의 참뜻은 내가 사는 곳의 재발견, 나아가 나의 재발견, 떠나는 것이 아니라 돌아오는 것이라는 말이 있다. 살다가 머리가 복잡해질 때는 바로 여행이 필요한 때이다. 떠날 때보다 훨씬 홀가분한 상태로 돌아올 수 있었다. 또다른 모습으로 다양하게 살아가고 있는 지구촌 사람들을 목격하면서 스스로를 돌아보고 앞으로 어떻게 살아가야 할지를 생각할 수 있는 기회였다. 어쩌면 그동안 집착하고 있던 생각과 의미들이 허상이었음을 느끼고 왔다고나 할까. 이렇게 한바탕 소용돌이치고 난 이후에 바라보는 세상은 확연히 다르게 보였다. 무엇보다 진실과 허위가 무엇인지 눈에 조금씩 보이기 시작하였다. 별로 중요하지도 않은 체면 따위는 벗어버리고, 변하지 않는 내면의 소중함을 찾아보려 했다.

탐, 진, 치의 유혹은 어느 곳에서든 찾아온다. 그럴 때마다 마음속으로는 '아. 내가 지금 욕심을 부리고 있구나.'라고 알아차리려 한다. 그래. 그만두자. 까짓거. 오늘만 날인가? 이걸 꼭 할 필요가 있어? 내 욕심이지? 그렇게 생각하면 마음이 평온해진다. 몸도 평화롭다. 마음으로 마음을 살펴보라고 했던가. 깊은 명상을 하게 되면 이전에 현실인 줄 알았던 것이 단지 개념, 믿음, 생각, 기억 등의 집합에 불과하다는 것을 명확히 알 수 있다고 했다. 어떻게 살아가는 것이 더 보람차고 의미 있는 길인지, 더 행복한 방법인지 주도적으로 알아차려야 할 것 같다.

『죽음의 수용소』의 저자인 정신과 의사 빅터 프랭클은 독일 나치 아우슈비츠 수용소 생활을 경험하며 삶의 의미에 대해 "사람에게 있어서 가장 중요한 것은 돈이나 권력, 쾌락과 성공이 아니라, 내가 존재해야 하는 이유를 찾는 것이 우선이다."라고 했다. 언제 죽을지 모르는 수용소 내에서도 삶의 의미를 가지고 있는 사람은 마지막까지 희망을 잃지 않고 살아남았지만, 의미를 찾지 못하거나 무조건 긍정적인 생각만으로는 몸이 건강해도 자살을 선택하거나 병에 걸려 죽고 말았다고 한다. 이처럼 우리 인간은 내가 살아가는 이유와 목적, 의미를 찾지 못할 때는 공허함과 불행함을 느끼게 된다. 더 나은 환경을 바라기 이전에 내면에서 우러나오는 갈증인 내 존재에 대한 의미부터 우선 명확히 찾는 것이 더 중요한 것 같다.

러너스 하이와 _____
마이 웨이 _____

나는 달리기를 썩 즐기는 편은 아니다. 생도 시절부터 나의 의도와는 무관하게 구보를 많이 했기 때문인지 모르겠다. 사실 그 방면에 능력도 그다지 뛰어나지 않다. 달리기광인 무라카미 하루키 같은 작가는 달리는 느낌을 '나는 소박하고 아담한 공백 속을, 정겨운 침묵 속을 그저 계속 달려가고 있다…' 라고 예찬했지만, 나는 그저 '그 재미없고 힘든 것을 왜 즐기지?'라고만 생각했었다. 가끔 민간인 마라톤 대회에 건강을 위해 참가하는 정도였다. 전역하기 직전 어느 가을날도 그러했다. 색다른 경험을 하게 될 줄은 이때까지만 해도 미처 알지 못했다.

강원도 양구군에서는 '비무장지대 마라톤 대회'를 연례적으로 개최한다. 달리기 코스는 평소에 민간인 출입을 철저하게 통제하는 곳이다. 행사 기간에만 특별히 개방된다. 이번이 군 생활 간 마지막 달리기일 거라 생각하고, 편한 마음으로 10km 종목에 참가했다. 대부분 포장이 안 된 흙길이다. 평소에도 지프차를 타고 먼지를 풀풀 날리면서 다니던 순찰코스였기에 나에게는 매우 익숙한 길이었다. 마라톤 대회에는 지역주민과 부대 병사들이 주로 참가했다. 왁자지껄 우렁찬 함성과 함께 출발의 총성이 울렸다. 오랜만에 달려본다. 생각보다 힘들었다. 반환점을 돌 때까지 많은 참가자들이 적당히 뛰고 있는 나를 앞질렀다. 반환점을 돌면서 이젠 속도를 좀 내야겠다고 생각했다. 대부분 평탄한 길이었지만 일부 구간은 얕은 내리막과 오르막이 반복되었다. 보폭을 빠르게 줄이고 속도를 높였다. '지뢰 조심'. 길가 철조망에 간간이 붙어있는 붉은 글씨 간판들이 빠르게 지나간다. 철조망 너머 이름 모를 나무들도 무심하게 휙휙 달아난다. 어! 그런데 이상하다! 지금까지 힘들어서 허우적거렸는데, 웬걸? 하나도 힘이 들지 않는다. 조심스럽게 속도를 더 높였다. 100명은 충분히 따라잡겠다는 생각이 들었다. 다리를 주~욱 쭉 뻗는 대로 발이 나간다. 전혀 숨차지 않다. 심지어 몸이 붕~ 떠오르는 느낌마저 들었다. 갑자기 초인 같은 힘이 솟구치니 신이 난다. 어린 시절, 갑자기 내린 소나기에 장독을 번쩍 안고 한걸음에 처마 안으로 옮겨 놓았던 괴력이 다시 발동한 것 같다. 소나기가 멈춘 뒤 그 장독을 두 명이 겨우 제자리로 옮겨놓아서 놀라웠던 기억도 새삼 떠오른다. 매일 부대에서 축구를 했더니 체력이 좋아진 건가? 원래 달리기가 이렇게 즐거운 운동이었나? 무라카미 하루키가 왜 그렇게 달리기를 좋아했는지 조금 이해가 되었다. 반환점을 돌 때까지 헉헉대던 모습과는 너무나 대조적이다. 100명보다 훨씬 더 많은 이들을 앞질렀다. 물론 기록도 단축되었다. 기록은 그다지 중요하지 않았다.

달리기가 끝나고도 한동안 흥분을 추스르기가 어려웠다. 어떻게 하나도 힘이 들지 않을까. 예전과는 너무나 달랐다. 달리기 전문가들에게 물어보았다. 아! 예전에 들은 적 있었던 '러너스 하이(runner's high)'였다! 짧게는 4분, 길면 30분 이상 지속된다는 그것. 달리다 보면 갑자기 몸이 가벼워지고, 머리가 맑아지면서 경쾌한 느낌과 함께 계속 달리고 싶다는 그 현상이었다. 헤로인이나 모르핀 같은 마약을 투입했을 때와 같다고 한다. 마약의 맛은 모르지만 아마도 그러리라.

운 좋게도 무아지경 같은 러너스 하이(runner's high)의 맛을 느끼고 전역한 요즈음도 계속 동료들과 테니스와 탁구 등을 즐긴다. 전역한 후에도 달리기 대회에 몇 번 참가했지만 러너스 하이(runner's high)는 그 후 다시 경험하지 못했다. 마지막 전역 기념 선물이었던 것 같다. 누군가 축구경기처럼 인생도 후반전이 훨씬 더 중요하다고 말한다. 내 인생의 러너스 하이는 언제쯤 올까? 우리는 누구나 각자 자기 인생길을 달리고 있다. 인생 중반 고개를 넘어서 돌아보니, 즐길 겨를도 없이 마냥 앞만 바라보고 달려왔다. 비바람이 불어와도 오직 가족과 직장을 등에 업고, 내리막길 오르막길 마다하지 않고 달려만 왔다. 인생 여정에서 러너스 하이 같은 최고의 순간은 또다시 올까. 벌써 지나갔을까? 지금일까? "60세가 되어야 비로소 철이 든다"고 강변했던 어느 100세 철학자의 말이 생각난다. "돌아보니 60세부터 75세까지가 가장 행복한 시기"였노라고. 그 말을 믿고 싶다. 부모봉양과 자녀양육도 대부분 끝나게 되는 그 시점. 나도 벌써 그즈음에 진입하려 한다. 인생 3막 출발선에 또 서있다. 물론 질주는 아니다. 그러나 인생 2막 출발 때처럼 그동안 켜켜이 쌓인 불필요한 것들을 하나씩 정리하고 있다. 마음을 또다시 비우고 있다.

'사람은 자신이 마음속에 생각하는 그대로 존재한다(잠언 23장 7절).' 초등학교 시절에 고전읽기 경시대회라는 것이 있었다. 3학년 때부터 학교대표 선수로 활동했다. 1년에 한 번씩 치르는 대회를 위해 지정된 고전을 읽고 학교대항 시험을 보는 것이다. 몇 개월씩 방과 후 학습이 계속되었다. 별도 과외수업이 없던 시골학교에서 유일하게 학년별 지정된 몇 명의 학생들이 남아서 자습을 하는 것이 시험대비 전부였다. 시험공부는 지정된 고전을 읽는 것이었다. 당시에도 나름 치열했다. 학교별로 개인과 단체 성적이 공개되니까. 정독하고 또 정독하길 수십 번, 밑줄 그으면서 암기했던 책들이 지금도 기억난다. 옛날이야기, 이순신 장군, 신유복전, 박씨전, 춘향전, 홍길동전, 이솝우화, 논어, 삼국사기, 삼국유사, 그리스 로마 신화, 성경 구약과 신약, 불교설화 자경문, 남궁억전 등등 당시에는 힘들었지만, 지나고 보니 이때 좋은 책들을 통해 얻었던 가치관과 독서습관이 아직도 나의 정신적 자양분으로 남아있는 것 같다. 무한한 상상력을 키웠던 어린 시절처럼 항상 더 좋은 나의 모습을 그려보자.

인생 3막에서는 도서관에 파묻혀 그동안 제대로 읽지 못했던 책들도 실컷 읽고 싶다. 중국어와 영어 회화도 더 공부해서 자유자재로 하고 싶다. 못가 본 여행도 필요할 때는 언제든지 가고 싶다. 부족한 능력이나마 사회에 도움이 되는 역할도 하고 싶고, 가능하다면 어려운 학생을 위한 장학사업도 해보고 싶다. 장수들은 늘 지나간 전쟁과 싸운다는 말이 있다. 무용담으로 허송세월하기에는 할 일이 아직 많다. 이제부터 만나게 되는 모든 마이 웨이(my way)가 바로 러너스 하이(runner's high) 같은 시간들로 차곡차곡 채워지길 꿈꾸어본다.

내 인생길(my way)에 멋진 러너스 하이(runner's high)를 위하여!

돌아보니 그리움 _____

감사를 잊고 살진 않았나요?

한 해를 돌아보는 길 위에서

저녁놀을 바라보는 겸허함으로

오늘을 더 깊이 눈감게 해주십시오

더 밝게 눈 뜨기 위해…

— 『한 해를 돌아보는 길 위에서』 중에서. 이해인

한 해를 돌아보는 길 위에 서서, 떨어지는 나뭇잎을 바라보며 자연의 섭리를 잠시 생각해본다. 잎이 떨어지는 것은 나무의 생존전략이란다. 겨울이 돌아오면 잎과 잎자루 사이에 떨켜층(조직이 딱딱하게 굳는 현상)을 만들어 잎과 줄기로 지나는 수분의 통로를 차단한다. 고통의 대가는 우리가 좋아하는 아름다운 낙엽이다. 잎새 한 장도 남아있지 않다고 나무가 죽은 것이 아니다. 성장을 위한 인내의 과정이다. 돌아보면 올해도 감사할 일들이 즐비했을진대, 직접 보지 못했다고 그냥 지나친 소소한 것들이 또 얼마나 많았겠는가.

어머님이 요양병원에 입원하셨다. 파킨슨병 진단을 받은 지 수년이 지나니 최근 급격히 증세가 나빠지셨다. 예전 기억이 하나둘 사라지나 보다. 얼마 안 되지만, 아끼며 애써 모았던 당신 통장의 존재조차도 하얗게 잊으셨다. 한때 매우 소중하다고 여겼던 것조차 언젠가 아무 의미가 없어질 때가 있다. 식어가는 화롯가의 그 마지막 온기처럼 저려오는 생명력에 그저 겸허해질 수밖에 없다.

영화 〈원스 어폰 어 타임 인 할리우드(Once Upon a Time in Hollywood)〉의 마지막 장면이 떠오른다. 잘 생긴 브래드 피트가 멋진 레오나르도 디카프리오에게 "You are a good friend."라고 치켜세우니까 "I will try!"라고 대답한다. 이 짧은 대답이 잠잠하게 내 가슴에 와 닿았다. "Thank you"가 아닌 "노력할게"였다. 이런 친구가 한 명이라도 곁에 있다면 참 행복하겠다고 생각했다.

추억에서 감정을 빼면 기억이라고 했던가. 돌아보니 이런 소소한 것들이 기억에 많이 남는다. 연초에 꿈꾸었던 일들이 현실이 되기도 하고 계획이 변경되기도 하지만, 우리 일상은 소소함의 연속이다. 사관생도였던 그때도, 공무원인 때도, 퇴직한 이후에도 그러하다. 그때는 대단하게 여겼던 것들도 돌아보니 결국 소소한 것들이었다. 소소했던 이런 것조차 먼 훗날엔 그리움이요, 살아있기에 이런 소소한 즐거움을 누릴 수 있는 축복이며, 매일매일이 그저 기적이었음을 알게 되리라. 일희일비(一喜一悲)하지 말자. 목표까지 남은 거리를 가리키는 이정표(mile stone)의 화살표처럼 여여하게 주어진 내 길을 걸어가자. 정호승 시인이 "일곱 개 토성의 고리 너머 머나먼 곳에 보이는 볼펜 똥 같은 크기의 지구 사진을 보노라면 우리가 얼마나 작은 존재인가 하고 느낄 때가 있다"라고 했다. 볼펜 똥 같고 때론 밴댕이 소갈딱지 같지만 우주보다 더 깊고 또 넓은 것이 인간의 마음이 아닌가. 대관소찰(大觀小察), 크게 보면서 소소함에도 충실하자. 사소한 언행과 감사 인사, 작은 관심과 배려가 우리 인생도 바꿀 수 있다. 작은 상처가 은근히 더 아프고, 가까운 사람들로부터 받은 상처가 더 크게 아픈 법이다. 가끔 이런 소소한 것들로 우리는 쉽게 마음을 다치거나 아파하지만, 또 이런 소소한 것들로 인해 위로를 받기도 한다. 소중한 감정을 무리하게 낭비하지 말고, 매 순간을 즐겁게 받아들이자. 이젠 정답이 없음도 잘 안다. 최상의 선택이 아니라 덜 후회할 선택을 해야 한다는 것도 잘 안다. 그러다 소소한 성취의 기쁨과 세상을 꿰뚫어 보는 통찰력이 내게 선물로 돌아올지 모른다.

새해에는 이렇게 위대하지는 않아도 소소한 것들에 더 정성을 다하는 시간이 되었으면 한다. 나무처럼 눈에 보이지는 않더라도 고통과 함께 더 성장하고, 언젠가 잊히더라도 소중한 추억거리를 가까운 이들과 더 많이 나누고, 항상 노력하는 멋진 친구와 동행한다면 참 좋겠다. '적게 가지고도 쉽게 행복해지는 사람'이 되었으면 하는 소소한 희망과 함께 새해를 따뜻하게 맞이하고 싶다.

번아웃 증후군과 _____
인생의 사막을 건너는 방법 _____

공무원 사회에는 공로연수제도가 있다. 정년퇴직 예정자의 사회 적응 능력을 기르고 기관의 원활한 인사운영을 위해 도입된 제도이다. 법관이나 검사, 경찰공무원, 교육공무원, 소방공무원, 군인 등 특정직 공무원들도 관계 개별법령에 따라 시행하고 있다. 군인도 20년 이상 근속하면 1년의 공로연수 기간을 부여받게 된다. 공로연수 기간에는 군인 신분이 그대로 유지된다. 급여는 추가수당 등을 제외하고 받을 수 있다.

나도 막상 공로연수에 따라 전역 전 직업교육반에 들어가 보니 막막했다. 그동안 전역 후를 위해 미리 준비해놓은 것이 하나도 없다는 사실을 비로소 실감한다. 무슨 자격증이라도 따놓을 걸 하는 아쉬움부터 생긴다. 계급정년까지는 2년이나 남았었는데 괜히 일찍 전역했나? 현역은 국방부에서 관리하는데 예비역이 되면 보훈처에서 관리한다. 보훈처에서는 예비역에 대해서는 별로 관심도 없는 것 같다. 느낌이 그렇다는 이야기다. 집에 콕 박혀있자니 괜히 가족들에게 눈치 보이고, 어디 가자니 오랜 시간을 군에서만 있어서 외부 친구들도 많지 않고, 그나마 동료들은 아직 군에 남아 있다. 먼저 전역한 동료들은 어디 있는지 제대로 보이지도 않고… 일부 전역자들은 부동산중개업, 미술품중개사, 빌딩관리사, 경호자격증 등을 준비하고 있었지만 재취업도 결코 만만하지 않아 보였다. 애타는 전역자들과 대화를 나누어보니 공통점이 있었다. 바로 번아웃 증후군 현상이었다. '번아웃(Burn-out)'은 '타버리다, 소진하다'라는 뜻으로, '번아웃 증후군(Burn-out Syndrome)'은 정신적·신체적 피로로 인해 무기력해지는 증상을 뜻하는 심리학 용어다. 우수하거나 근면 성실한 사람일수록 일을 마다하지 않는 바람에 번아웃 증후군에 빠지기 쉽단다. WHO(세계보건기구)가 2019년 이 증후군을 공식적으로 질병으로 분류했다. 이 증후군의 특징은 에너지가 고갈되거나 소진된 느낌, 일에 대한 심리적 거리감 증가 또는 업무에 대한 부정적·냉소적 감정 증가, 직무 효율 저하 등이다. 그동안 군인을 천직이라 여기며 충성을 다해 살아왔는데 막상 군에서 나오니 갑자기 외톨이가 되어버렸다.

『어떻게 나답게 살 것인가』의 저자 에밀리 에스파하니 스미스는 우리 대부분은 행복해야 한다는 의무감으로 인생을 살아가는데도 행복하지 않다고 한다. 많은 풍요로움에도 행복하지 않은 이유는 삶의 의미가 부족하기 때문이라고 했다. 에밀리는 5년간의 연구 끝에 의미 있는 삶을 구성하는 4개의 기둥을 찾아냈는데, 유대감(소속감), 목적, 초월성, 스토리텔링이라고 했다. 유대감은 사람 간의 관계이며, 사랑으로 관계를 이끈다면 서로를 연결하는 끈이 생기고 서로를 지지하게 된다고 한다. 목적은 내가 하는 일이 거창하지 않더라도 나만의 정체성과 올바른 목적을 갖고 살아간다면 의미 있는 삶을 살았다고 할 수 있다는 것이다. 부모가 자식을 위해 살아가는 것도 일종의 삶의 의미라고 했다. 초월성은 자신을 넘어서는 것이라고 했다. 예술작품을 감상할 때 느끼는 것과 같고, 에밀리는 작가로서 글을 쓸 때 이런 초월성을 느낀다고 했다. 자신이 가지고 있는 한계를 스스로 뛰어넘을 때나 인간이 도저히 만들어 낼 수 없는 자연의 아름다움을 보게 될 때. 새해 아침에 산 정상에 올라 떠오르는 태양을 가슴 벅차게 바라보는 장면이나 50대 후반에 배운 탁구 실력이 일취월장하여 남부럽지 않을 정도가 되었을 때 등 소소하게 자신이 생각한 자신의 한계를 뛰어넘는 일들도 초월성에 해당된다. 스토리텔링은 자신의 이야기를 쓰는 것이라고 했다. 일상에서 이야기를 만들어내면 삶을 더 명확히 바라볼 수 있다고 한다. 적극 공감한다. 나 또한 지나온 공직생활을 머릿속에만 담아두지 않고 글로 써보기로 했다. 지나온 시간들이 정리가 되고 삶을 더 명확하게 볼 수 있는 것 같다. 번아웃 증후군이 이해가 될 즈음 바로 재취업이 되었다. 마음의 정리도 저절로 된 것 같다.

『사막을 건너는 6가지 방법』의 저자 스티브 도나휴는 인생은 등산을 하는 것보다는 대부분 사막을 건너는 것과 같다고 했다. 은퇴를 준비하면서 저축을 하는 것은 등산하는 것과 유사하지만 인생 자체의 목표가 애매모호하거나 또는 최종적인 결과라기보다는 일종의 과정처럼 느껴진다면 그것은 바로 사막을 건너고 있는 것이라고 했다. 산을 타는 기술은 사막에서는 써먹을 데가 없다. 인생에서 성취나 성공 또는 목표가 전부는 아니다. 인생이란 종종 길을 잃고, 스스로를 발견해 나가며 때로는 사면초가에 처하기도 하고, 거기에서 빠져나오고 신기루를 좇기도 한다. 한동안 길을 잘 나가는 듯싶다가도 다시 길을 잃는 과정의 연속이다. 인생의 대부분은 산이 아니라 사막을 닮아있다. 직장을 옮기는 것은 산이지만 직업을 완전히 바꾸는 것은 사막이다. 아이를 낳는 것은 산이지만 아이를 키우는 것은 사막이다. 꿈에 그리던 집을 짓는 것은 산이다. 이혼으로 그 꿈같은 집을 잃게 되는 것은 사막이다. 암을 이겨내는 것은 에베레스트산의 정상을 오르는 것과 같다. 하지만 만성 질환이나 불치병을 안고 살아가는 것은 사하라 사막을 건너는 것과 같다고 했다. 사막을 건너는데 몇 가지 규칙도 제시했다. 지도를 따라가지 말고 나침반을 따라가라. 오아시스를 만날 때마다 쉬어가라. 모래에 갇히면 타이어에서 바람을 빼라, 혼자서 함께 여행하기 등을 조언했다.

인생의 사막에 대비해서 완벽하게 준비를 한다는 것은 불가능하다. 우리가 언제 결혼할 준비를 완벽하게 한 상태에서 결혼했던가. 아이를 낳아 양육할 준비가 된 상태에서 아이를 낳았던가. 새로운 직장이 준비되어서 전 직장을 그만두고 나왔는가. 언제나 준비가 완벽하게 되어있지 않다는 사실을 받아들이고 나면 쉬워진다. 그렇다고 아무런 준비를 하지 않는다는 의미는 아니다.

다시 새로운 직장이나 직업을 바꾸는 전환기에 섰다. 아마 나도 사막을 건너야 할 것 같다. 퇴직을 하게 되면 퇴직했다는 사실을 가장 실감하게 될 때가 오늘의 할 일을 고민할 때, 오늘이 평일인지 휴일인지 헷갈릴 때, 밥값을 선뜻 내겠다는 말이 안 나올 때, 나를 어떻게 소개해야 할지 망설여질 때라고 한 연구보고서가 생각난다. 이미 이러한 경험을 한 번 치른 나로서는 또다시 휑한 사막에서 더 이상 방향감각을 잃고 싶지는 않다. 지속적으로 타이어의 공기를 빼면서 한 걸음 한 걸음 삶의 의미도 되새겨가며 앞으로 나아가고자 한다. 물에 빠졌다고 죽는 것이 아니라 물에서 나오지 못해 죽는다는 말도 있다. 번아웃 증후군 따윈 이젠 두렵지 않다. 아직은 충분히 사막을 건너 가볼 만하다.

슬기로운 _____
자유 생활 _____

군이나 회사 등 조직 생활에서 퇴직하게 되면 우선 가장 큰 변화는 예전보다 훨씬 자유롭다는 것이다. 인간은 누구나 본능적으로 자유를 추구하게 된다. 군은 특성상 그 자유로움을 통제받으면서 살아간다. 『눌변』에서 김찬호 작가는 "한국인들이 가장 원하는 마음 상태가 무엇일까? 서울대학교 심리학과 민경환 교수 연구팀에서 조사한 바에 따르면 '홀가분하다'로 밝혀졌다"고 했다.

근심이나 걱정 등이 해결되어 상쾌하고 가뿐한 상태인 홀가분함에 대한 갈망이 크다는 것은 현재 이런저런 속박에 삶이 얽혀 있다는 뜻이기도 하다. 충분히 공감이 간다. 군인들은 '통신축선상 대기'라는 용어에 익숙하다. 언제 어디선지 비상전화에 곧바로 응신과 대비를 해야 한다. 위수지역을 벗어날 수 없다. 충성심에 불타는(?) 일부 장교들은 사우나실에 들어갈 때도 물에 젖지 않게 비닐로 스마트폰을 감싸서 가져가기도 한다. 얼마나 피곤한 생활인가. 정책부서인 육군본부나 국방부 등도 마찬가지이다. 항상 걸려오는 전화에 예민하게 대기하고 있어야 했다. 심리학자들이 말하는 행복하기 위한 핵심 3요소도 자유, 유능, 관계이다. 누구로부터 지속적으로 억압과 통제를 받는다면 결코 행복하다고 보기 어렵다. 나는 고등학교 졸업식에도 참석하지 못하고 바로 사관학교에 입교한 이래 오랜 시간을 긴장된 상황과 여건 속에서 살아왔다. 양구의 그 첩첩산중 끝없이 펼쳐지는 철책선 넘어 산하를 바라보면서 구경꾼이 아니라 파수꾼이 되어야 한다는 사실은 긴장의 끈을 놓지 못하게 하는 사명감 때문이다. 가족과 떨어져서 지낸다는 것도 힘든 일이다. 이제 모든 것을 지내놓고 보니 지금부터라도 보다 더 자유롭고 여유롭게 살아가면 될 것 같다. 그래서 퇴직하면 대부분 자유롭게 여행을 즐기고 자유생활을 새삼 만끽하며 살아가려고 한다.

한때 모 육군참모총장은 장교는 자유로운 영혼의 소지자이어야 한다고 재직 중에 강조했었다. 당시에는 매우 충격적으로 받아들여졌다. 현실은 온통 통제 속에 있는데 어떻게 자유롭지? 아닌 것은 아니라고 분명하게 말할 수 있는 용기를 가진 자유로운 영혼의 소지자가 되어야 한다는 의미로 말씀하신 것 같다. 획일적이고 충성 지향적이며 상명하복을 생명처럼 여겨야 하는 장교들에게 자유라는 그 말이 과연 적합한 단어인지 의문이 있었다. 아마 제대로 된 자유를 결코 누릴 수 없다는 것을 잘 알기 때문에 자유로운 영혼을 가져야 한다고 강조한 것은 아닌지. 군문을 떠나보니 가지지 말라고 해도 가지게 되는 것이 자유로운 영혼이다. 타율적인 생활을 할 수밖에 없는 자에게 자율을 가지라는 것은 매우 어려운 일이다. 자유롭게 여행을 갈 수도 있고 자유로운 만남과 모임도 내가 선택하고 내가 결정하면 되는데 통제가 강한 군대에서는 자신의 자유의지와는 무관하게 이루어지는 것이 너무 많다.

군대에서 혹시 불필요하게 구속하고 억압하고 있는 요소들은 없는지 잘 살펴보아야 할 것 같다(물론 군대에 있는 사람들은 이미 습관이 되어 잘 느끼지도 못할 수 있다). 군에서도 최근에 영창제도가 없어졌다. 구속될 수밖에 없는 군생활이지만 불요불급한 데에만 적용하도록 슬기롭게 따져보아야 할 일이다. 나는 더욱 풍요로운 자유 생활을 만끽하고 싶다. 자유롭다는 것은 정말이지 사람을 행복하게 해주는 강력한 요소이며 멋진 일임엔 틀림없다. 자유란 사전적인 의미는 어느 누구에게도 얽매이지 않고 구속되지 않는 상태를 말한다. 자유가 가장 나다운 삶을 지켜야 할 이유임에도 구속과 통제에만 적응된 자는 어떠한 자유를 손에 쥐여주어도 어떻게 자유시간을 누려야 할지 모르는 경우도 있다. 자유의 반대말은 억압이나 구속이 아니라 관성이라는 말이 있다. 자기도 모르게 무심코 형성된 사회적 습관. 군대에서 형성되어 있던 오래된 습관을 버려야 한다. 쉽게 버릴수는 없겠지만 그만큼 자유를 만끽하고 싶으면 버려야 한다. 나 또한 서서히 자연인의 상태로 회복되어가든지 곧장 변화에 적응하든지 늦었지만 슬기롭게 자유로운 생활을 맘껏 즐기고 싶다.

인생길도
하산하는 즐거움처럼

　버킷리스트 중 하나를 드디어 실행하게 되었다. 바로 '지리산 종주'였다. 언젠가 한번 꼭 해보리라 마음은 먹었지만 그동안 하지 못했다. 마침 동행이 있어서 금요일 밤 기차를 타고 지리산으로 향했다. 새벽 4시부터 성삼재에서 노고단(1,507m), 반야봉(1,732m)을 거쳐 세석대피소에서 1박을 했다. 다음 날 장터목을 거쳐 마침내 천왕봉(1,915m)에 올랐다. 맑고 깨끗한 최상의 날씨였다. 법계사-중산리 하산코스를 끝으로 약 30여km의 장정을 마치고 서울로 돌아왔다. 천왕봉 여정은 20대 젊은 날에 성철 큰스님을 뵙기 위해 밤새워 3,000배를 했을 때만큼 힘들었다. 마치 세상의 많은 길처럼 수없이 반복되는 돌길, 바위길 계단과 내리막과 오르막길, 안전한 길과 험한 길들이 나의 인내심을 시험했다. 어리석은 자도 이곳에 오면 지혜롭게 된다는 지리산(智異山). 약 40여 시간 산속에서 머물면서 자신과 끊임없는 대화를 나누었다. 언제쯤이면 『그리스인 조르바』처럼 나 자신을 사랑하고 진정한 자유를 누릴 수 있을까 등등. 걸으면서 명상에 잠기는 시간이 길어지니 자연스럽게 스스로 해답을 찾게 된다.

과연 이름값을 하는 명산이었다.

미국 시인 마야 안젤루는 '인생은 숨을 쉰 횟수가 아니라 숨 막힐 정도로 벅찬 순간을 얼마나 많이 가졌는가로 평가된다.'라 했다. 산속을 헤매었던 이틀 동안 내내 벅차게 기뻤고 행복했다. 병풍처럼 펼쳐진 셀 수 없이 많은 봉우리 중 하나인 노고단 일출은 주변 구름바다와 함께 감탄사가 절로 나오게 만들었다. 반야봉 부근 고즈넉한 노을, 촛대봉에서 바라본 아침 지리산은 바다에 떠있는 하나의 신비한 섬으로 변해있었다. 천왕봉에서 바라본 하늘, 구름, 바위 그리고 풍파를 이겨낸 고사목들은 서로 어우러져 아름다운 조화를 이루었다.

소설 『대망』에 '인생은 무거운 짐을 지고 언덕을 오르는 것과 같다.'라는 말이 나온다. 어깨의 배낭은 시간이 갈수록 더 무거웠고 천왕봉 정상은 공간이 협소하여 오래 머물기가 어려웠는데 인생길 같다는 생각이 들었다. 권불십년 화무십일홍(權不十年 花無十日紅). 과정도 중요하게 여겨야 하는 이유이다. 철학자 김형석 교수도 "행복은 산 밑에서 등산하는 등산객과 같은 것이다. 그렇게 힘들게 올라가는 과정이 행복의 장소이다. 정상에 올랐을 때 감동적인 희열을 위해서는 과정으로서의 어려움과 난관을 극복해야 하며, 그 극복 자체가 또 하나의 행복이다."라고 했다. 정상 직전에서 힘들어하고 있을 때, 내려오던 등산객이 툭 던진 인사말이 새롭다. "이젠, 계속 하산하는 즐거움만 남았네요." 생각해보니 그러하였다. 인생길도 하산할 때처럼 얼마든지 즐겁고 재미있을 수 있다. 그 길 위에는 굳이 많은 돈도 권력도 성공도 중요하지 않으리라. 소소한 행복과 사랑만 있으면 되는 것을. 물론 하산 길에 적당한 건강과 가족사랑, 친구, 적절한 일거리 등이 있다면 그 행복은 더욱 커지겠지만. 아들과 딸의 배낭까지 메고 가는 아버지도 보인다. 저것이 아버지의 무게이겠지. 하산하는 길에 어떤 이는 "홀로 종주를 하니까 오히려 더 힘들다"라고 했다. 인생에 동반자가 필요한 이유이다.

　도심지를 벗어나 짧지만 강렬하게 보낸 이틀이라는 시간은 오롯이 자연과 하나가 되는 소중한 시간이었다. 새벽하늘의 수많은 별들. 잠시 하늘에 별이 있다는 사실도 망각하고 지냈나보다. 자연을 다시 보았다. 돌멩이 하나, 나무 한 그루에도 오랜 풍파를 이겨낸 우리 민족성이 그대로 담겨 있었다. 스쳐 지나가는 등산객들도 모두 지리산을 닮아있었다. 지리산 종주는 그래서 아름다웠다. 또 기회가 오면 지금보다 여유를 가지고 여기저기 피어있는 야생화도 천천히 음미해보련다. '속도를 줄이고 인생을 즐겨라. 너무 빨리 가다보면 놓치는 것이 주위 경관뿐이 아니다. 어디로 왜 가는지도 모르게 된다.'는 에디 캔터의 말도 가슴에 새롭게 깊이 와 닿았다.

떠난 뒷자리가 _____
아름다워야 _____

"기다리는 동안 일을 잘 처리하는 자에게 모든 것이 온다"는 토마스 에디슨의 말이 있다. 인생 자체가 기다림인 것 같다. 부모는 태어날 자식을 기다리고, 자식은 한 살 더 먹을 생일을 기다리고, 첫사랑을 기다리며, 입학과 졸업을 기다리다가 취업하고, 결혼을 기다린다. 그 자식도 부모가 되어 태어날 자식을 또 기다린다.

군대에서도 많은 병사들은 제대할 날짜만을 손꼽아 기다린다. 병장들은 자기만의 달력에 전역일자를 적어두고 하루가 지날 때마다 차곡차곡 x자를 그어나간다. 병사들의 희망이요, 하루하루 즐거움이다. 내가 위관 장교일 때는 그런 병장들을 잘 이해하지 못했다. 전역하는 마지막까지 유종의 미를 보이라고 소리쳤다. 마지막이 좋아야 모든 것이 좋은 것이라고. 철학자 스피노자가 말한 "비록 내일 지구의 종말이 오더라도 나는 오늘 한그루의 사과나무를 심겠다"는 명언을 들먹이면서. x자를 긋는 행동은 마지못해 하루를 버텨나가는 소극적인 행동으로 비춰졌었다. 그런 자세가 마음에 들지 않았다. 전역하는 순간까지 최선을 다하는 모습이 보기 좋았다. 또 그렇게 해야만 별 잡념도 없이 정신없이 시간도 잘 가는 것이라고 믿었다. 병역의 의무를 다하는 우리 병사들은 아무리 군대가 잘해주어도 이곳에서 하루라도 빨리 벗어나고 싶어 하는 것이 어쩌면 당연하다. 자유와 구속의 차이는 어마어마하다. 비단 병사들만 그런 것이 아니었다. 전역을 앞둔 단기 장교들도 마찬가지로 숙소에 있는 달력에 x자 표시를 하고 있었다. 나라에 충성을 다짐하는 장교선서문을 낭독했던 그들도 전역의 기다림은 이렇게 목마른 것이었다.

나는 대대장이 되었을 때 비로소 이들의 행동에 대해 어느 정도 공감되었다. 오죽 답답하면 저럴까. 이들도 언젠가는 군대를 그리워할 때도 있겠지만 지금 당장은 전역 후 취업과 복학 등 불안정한 미래를 대상으로 풀어야 할 일들이 엄청나게 쌓여 있는 것이 현실이다. 공무를 수행하면서 지장을 줄 정도로 나태하거나 잘못하지 않는다면, 전역 전 자신의 진로에 대해 준비하는 과정은 나쁘다고만 볼 수도 없다. 오히려 현실 인식이 명확하게 되는 장점도 있다. 명예를 존중하는 이들은 마지막까지 흐트러진 모습을 보이지 않을 것이다.

어떤 이들은 수백 대 일의 경쟁을 뚫고 어렵게 공무원 시험에 합격하고서도 얼마 동안 다니다가 그만두는 경우도 있다. 적성에 맞지 않다고 또 다른 길을 선택한다. 그럴 수도 있다. 회사 생활이 힘들 때 한번쯤은 말년 병장들이 그러하듯 하루하루 x자로 표시하면서 지워나간다면 어떨까? 남은 일정이 갈수록 줄어든다면 혹시 마음이 바뀔지도 모르지 않을까? 아쉬움에 하루하루를 더 보람차고 의미

있게 보내지 않을까?

오늘도 정말 답답하고 힘들다는 느낌이 든다면 10년이든 20년이든 먼 훗날 나의 퇴직일을 미리 정해서 기다리는 것도 한 방법일 것이다. 그런데 여기에서 한 가지 제안을 하고 싶다. 퇴직 일자를 D데이로 잡는 것이 아니라 새로운 일을 하는 날을 D데이로 잡아야 한다. 그래야 희망이 함께 싹틀 수 있다. 새로운 기회의 순간을 맞이할 기쁨을 준비하자는 것이다. 물론 어떤 이에게는 퇴직이 곧 새로운 출발이 되는 경우도 있을 것이다.

희망에 부푼 자가 떠난 뒷자리는 깔끔해야 한다. 꿈이 있는 사람들은 남에게 어떤 피해도 주기 싫어한다. 어떤 이들은 떠나고 난 자리가 무척 지저분한 경우도 있다. 그런 이들이 막상 떠나고 나면 온갖 좋지 않은 비난들이 터져 나온다. 어떤 이들은 다시는 보지 않을 듯이 화풀이를 하고 나가는 경우도 있다. 퇴직할 날만 손꼽아 기다리는 것도 의미가 있겠지만, 떠난 뒷자리는 깨끗하게 잘 처리하는 것이 우선이다. 마치 훈련을 마치고 복귀하는 군인들이 주변 전장 정리를 깨끗하게 해놓고 떠나듯이 해야 한다. 매일 매일을 그렇게 습관적으로 뒷자리를 정리한다면 그가 떠난 뒷자리는 항상 아름다울 것이다.

하루를 행복하려면 _____
목욕을 하라 _____

　하루를 행복하려면 목욕을 하라는 말이 있다. 沐(머리 감을 목), 浴
(목욕할 욕) 머리를 감으며 몸을 씻는 목욕. 나는 적어도 일주일에 한
번 정도는 목욕을 한다. 여건만 된다면 매일 목욕을 하고 싶다.

　군에서 전역하고 취업하기 전에 하루에 한 번씩 공군회관 헬스장
에 다니면서 목욕탕을 이용했다. 목욕탕에 가면 그렇게 편안할 수가
없었다. 당시 나에게는 유일한 휴식처였다.
　따뜻한 목욕물에 몸을 담그면 심신의 피로가 확 풀린다. 열탕과
냉탕을 번갈아 들어가서 느끼는 그런 느낌이 좋다. 어릴 때부터 동
네 목욕탕에 자주 다녔다. 주로 어머니와 같이 목욕탕을 다녔다. 어
머니는 당신 아이들 몸 때 벗기는 것을 좋아하셨다. 초등학교 1학년
때 목욕탕 주인이 덩치가 큰 내가 여탕에 가는 것을 막을 때까지 여
탕을 다녔다. 웃기는 이야기다. 하여튼 어릴 때 습관으로 지금도 목
욕을 즐긴다. 운동이나 등산 후에 하는 목욕은 더 좋다. 일요일마다
다음 한 주를 새롭게 맞이하기 위해 찾는 목욕탕은 항상 기분을 좋

게 해준다.

    군에서 근무할 때도 휴일에는 특별한 경우가 아니면 목욕탕이 있는 도심지를 즐겨 찾았다. 휴식의 기준이 목욕탕 가는 것이었다. 강원도 양구 부대에서 힘들게 한 주를 보내던 포대장 시절에도 주말이면 목욕탕에 가는 것이 가장 행복한 순간이었다. 군대 목욕탕도 참 좋다. 탕 내에서는 계급장을 떼고 인간 본래의 모습을 서로 볼 수 있어서인지 자연스레 경계의 벽도 허물 수 있다. 나는 목욕하는 동안에 거울 앞에 앉아 5분 정도는 조용히 묵상에 잠긴다. 몸에게 말한다. 오늘 하루도 수고했다. 이번 한 주도 여러모로 애썼다. 뱃살은 좀 나왔지만 아직은 건강하구나…. 혼자 대화를 하다보면 시간이 금방 흘러간다. 쌍둥이 아들들이랑 어릴 때는 목욕탕에 자주 다녔는데 포경수술을 한 이후엔 아빠랑 함께 가기를 꺼려했다. 억지로 데려갈 순 없었지만 언젠가는 이들도 아빠처럼 목욕을 즐기리라 생각한다.

    과거 우리나라 왕들도 휴양 차 혹은 치유를 위해 유명한 온천장을 찾았다는 기록이 많이 나온다. 가장 오래되었다는 동래온천부터 여러 군데 있다. 로마시대에는 카라칼라 목욕탕같이 11.34km^2에 달하는 거대하고 사치스러운 곳도 있었다. 대중목욕탕은 12세기경 세워졌고 현대 목욕은 터키식 목욕(밀폐된 방에 열기를 채워 땀을 낸 후에 하는 목욕), 동양의 통 속에서 하는 목욕, 퓨로(furo) 등이 있다. 일본과 대만에 출장갔을 때도 온천장을 찾았다. 1인용 온천장도 있고 큰 대중온천장도 있었다. 온천물은 여행에 지친 몸을 쉽게 풀어주었다.

목욕이 주는 건강효과는 크게 3가지가 있다고 한다. 첫째, 통증 완화다. 따뜻한 물에 몸을 담그면 딱딱하게 굳은 근육과 관절이 이완되면서 통증도 줄어든다고 한다. 둘째는 심신안정이다. 몸이 따뜻해지면 신경전달물질인 베타엔도르핀 분비가 촉진된다. 마음을 평온하게 하는 부교감신경이 활성화되어 심리적으로 편안해진다. 셋째는 심혈관 보호이다. 몸이 따뜻하게 되면 혈관이 넓어져 혈압이 떨어진다. 지속적인 목욕 습관이 뇌졸중·고혈압 같은 심혈관 질환의 위험을 낮춘다는 연구결과도 있다. 목욕은 에너지 소비도 큰 편으로 시간당 평균 140kcal를 소모한다. 약 한 시간의 목욕은 30분간 걷는 효과가 있단다. 오랜 시간 서있는 직업을 가진 사람이나 키보드 자판을 두드리고 책상 앞에만 붙어있는 경우가 많은 사람들에게는 주기적인 목욕은 반드시 필요하다고 생각한다. 나도 가끔 찜질방에 들어가서 뭉쳐진 근육을 뜨거운 조약돌이나 온돌에 지진다. 한결 몸이 가벼워짐을 느낀다. 언젠가 국내외 유명 온천장을 맘껏 돌아보고 싶다. 가능하면 매일 목욕탕도 찾을 것이다. 내일 또 목욕탕 갈 생각에 벌써 마음이 편안해진다.

나이 듦과
늙어감 _____

　어릴 때는 누구나 빨리 나이 들고 싶어 한다. 그러다가 언제부터인가 나이 듦이 조금씩 부담스러워진다. 이젠 나이를 먹어가는구나. 직장에서 퇴직한 친구의 나이 먹은 얼굴을 우연히 마주쳤을 때 바로 실감한다. 그래 너의 얼굴이 나의 얼굴이지. 나이 들어가는 것과 늙어가는 것이 당연한 이치이지만, 때로는 안타깝고 서글픈 현실인지를 집안에서 노인과 생활을 오래 해보면 알게 된다. "세상의 질서는 진화에 있다"고 누군가 주장한다. 인간은 끝없이 생성하고 발전하는 것에만 관심이 있다고 한다. 시간이 지나 도태되거나 진화하지 못하는 것은 당연히 관심 밖이다. 아마도 나이 들어 퇴직하거나 생을 마칠 때 그다지 사람들 관심을 끌지 못하는 이유일지도 모른다. 물론 나이 듦과 늙어감이 다르다는 주장도 있지만 결국 나이 드니까 늙어가는 거다.

　어른이 되면 스스로 자신들 권리를 주장하고 싶고 그에 합당한 대접을 받고 싶은 것 같다. 아직 은근히 우리들 의식세계에 자리 잡고 있는 삼강오륜 때문이 아닐까. 삼강오륜은 임금과 신하, 부모와 자식, 부부, 어른과 아이, 그리고 친구 간에 지켜야 할 도리를 말한다. 특히 장유유서(長幼有序) 때문에 나이 듦은 대접을 받아야 하고 대접을 해주어야 한다는 유교문화가 탄생했다. 공자 탄생지인 중국에서조차 이런 풍토가 변화한 지가 꽤 오래되었음에도 우리 한국사회에서는 굳건하다. 아직도 찬물은 위아래가 있다고 한결같이 믿고 있는 이들이 많다.

『나이 든다는 것 늙어간다는 것』의 저자 빌헬름 슈미트는 "우리는 노화 방지라는 시대적 기류에 편승해 늙어감에 맞서 싸울 게 아니라 나이 듦과 더불어 태연하게 잘 나이 들어가기 위해 노력해야 한다. 그에 필요한 삶의 기술은 접촉, 사랑의 습관과 행복, 고통과 사색 등에서 얻을 수 있다. 이것들은 모두 부정적인 에너지를 줄이고 긍정적인 기운을 북돋우는 데 의의가 있다"고 했다. 노화 방지(Anti-Aging)가 아닌 노화의 기술(Art of Aging)이 중요하다는 데 대해 공감한다. 나이 들어갈수록 내 고집대로 내 생각대로만 행동하고 타인을 배려치 않는 행동을 스스럼없이 한다는 것은 어른답지 못하다. 늙어가면서 대접받는 것을 거부하고, 지혜롭게 처신하는 기술을 자주 습득할 일이다. 삶에 대한 지금까지의 시각을 근본적으로 재정립해볼 필요가 있다. 나이 들어 늙어감이 오히려 큰 힘을 가질 수도 있음을 앨프레드 테니슨이 쓴 '참나무'라는 시의 한 부분에 잘 나타나 있다.

All his leaves Fall'n at length, Look, he stands,

Trunk and bough Naked strength

마침내 나뭇잎이 모두 떨어지면, 보라,

줄기와 가지로 나목이 되어 선 발가벗은 저 '힘'을.

최근 부상하고 있는 욜드(YOLD : young old)란 65~79세의 젊어진 노인층으로 '인생 두 번 살기'를 실천하는 신청년이라고도 한다. 이들은 건강과 경제력을 비딩으로 생산과 소비 생활에 적극적으로 뛰어들며 새로운 활력으로 등장하고 있다. 유엔이 제시한 평생 표준 연령에도 18~65세를 청년, 66~79세를 중년, 80~99세를 노인, 100세 이상을 장수노인으로 구분한다. 욜드층이 늘어나고 있는 것도 바로 직전 나이까지 청춘처럼 힘차게 살아왔기에 가능할 것이다. 또한 삶의 끝이 보이면서 벌써 반이 지났음에 정신이 바짝 들어 이제야 비로소 자신의 삶을 사랑하기 시작하는지 모른다. 예전처럼 나이 들어 대접만 받으려는 태도가 아니라 활기찬 생활을 영위하려는 자세는 매우 아름다운 삶의 태도로 보여진다.

늙어감은 그 자체로 의미가 있지 않을까. "나뭇잎이 벌레 먹어서 예쁘다. 남을 먹여 살렸다는 흔적은 별처럼 아름답다." 이생진 시인의 '벌레 먹은 나뭇잎'에 나온 글귀처럼 지혜롭게 나이 들고 아름답게 늙고 싶다.

마지막 당부 _____

　방금 전까지 가족이었던 누군가가 바로 눈앞에서 생을 마감하는 순간을 목도했을 때, 그런데 이별의 말 한마디도 제대로 못 나누고 떠날 때의 안타까움. 그것이 우리 삶이다. 과학보다도 더 위대하여 이제는 '신이 되려는 인간' 호모 데우스의 마지막은 의외로 초라하고 볼품없었다. 차라리 밋밋하기까지 했다. 적어도 나에게는 '미안하다'는 말은 하고 떠나실 줄 알았다. 무책임하게 그냥 그렇게 허무하게 떠날 줄은 몰랐다. 우리는 다시 일상으로 돌아왔다. 어쩌면 예전보다 더 홀가분하게. 누군가가 떠났을 때 그 빈자리의 무게는 생전에 그의 역할에 따라 달라진다. 우리 모두는 언젠가 훅 떠난다. 먼 여행을 떠나는 비장함도 설렘도 없이 대부분은 그냥 그렇게 떠나야 한다. 즐겁게 살아야 할 이 지구 땅에 소풍 와서 제대로 놀고 가는지는 그의 몫이다. 남겨진 이들은 그냥 잠시 추억에 잠길 뿐. 이것이 장인어른을 떠나보내고 며칠 동안 본 삶의 한 '깃'이었다.

　장인 장모가 우리 집으로 짐을 들고 들어온 지 15년도 벌써 지났다. 한때 식당, 세차장 등을 분주하게 하시더니 어느 날 갑자기 개인

파산신청으로 하루아침에 빈털터리가 되어버렸다. 믿었던 아들이 불의의 사고로 먼저 이 세상을 뜨고 나서는 모든 일이 폐업상태가 되어버린 거다. 그 모습이 애잔하여 우리 집으로 모신 것이 그렇게 시간이 후딱 흘러가 버렸다. 나름 아파트 경비원도 하시고 재기를 위해 노력을 하던 중 의료보험에서 제공하는 건강검진결과 식도암 2기라는 사실을 알게 되었다. 수술이 다소 무리라고 우리는 만류하였으나, 수술을 하면 금방 치유할 수 있다는 주변 권유와 당신의 강한 주장으로 결국 수술을 했다. 수술은 성공적으로 된 듯 보였으나, 축소된 위와 식도로 인해 식사하는데 당장 차질이 왔다. 암 환자 가운데 많은 이들이 영양실조로 사망한다는 얘기가 맞았다. 한 끼 식사에도 거의 2시간이 소요되고 본인은 당사자이지만 옆에서 간병하는 장모는 장모대로 피곤한 나날이었다. 결국 4년을 버티지 못하고 암세포가 간으로 전이되었고, 얼마간 죽으로 연명했다. 결국 2주 동안 입원한 끝에 집으로 퇴원한 지 1주일 만에 돌아가셨다.

어떤 이유로서든 죽음 직전에 내몰린 사람들은 죽음에 대한 부정과 분노 그리고 타협과 우울의 벽이 있고 때로는 수용의 단계를 거친다고 한다. 장인도 마지막에 암의 전이에 대한 소식을 접하고는 일단 수용을 하는 듯했다. 77세면 아직 창창한 나이이다. 장인 일생을 돌아보며 가끔 과연 행복한 삶이었을까 하고 반문해본다. 우리 집에서 함께 지낼 때는 술과 담배도 완전히 끊으셨다. 사위와 함께 좁은 아파트에서 지내시는 것이 몹시 부담스러웠을 것이다. 현실과 당신 생각이 달라 괴로움과 미안함이 교차 되어 나에게는 항상 말씀을 많이 아끼셨다. 서로 제대로 마음에 간직하고 있는 이야기를 나누지 못했다. 때로는 침묵이 차라리 나을 때가 있다고 생각했다. 막상 일요일 밤에 아내의 부축을 받아 화장실에 갔다가 한순간에 그냥 기력이 쇠하여 훅 가버리시니까 처음에는 장례를 치른다고 미처 생각을 못했지만 마치고 나니까 참으로 허망했다. 자못 원망스럽기까지 했다. 적어도 사위인 내게는 무슨 하고 싶은 말이 있었을 것이다. 그 말을 하지 않아도 무엇인지는 안다. 그렇지만 직접 해주었어야 했다. 그렇게 아무 말씀도 하지 않고 가버리시면 얼마나 황망한가. 죽음에 대한 수용이 있었다면 무엇인가 멋있게 유언도 남기고 마지막 당부도 하고 돌아가셔야 하는 것 아닌가.

카네기 멜론대학 컴퓨터공학 교수 랜디 포시의 『마지막 강의』가 생각난다. 췌장암으로 시한부 인생을 선고받은 교수의 마지막 강의이자 세상에서 가장 아름다운 작별인사로 평가받고 있다. 그 역시 시한부 암 선고를 받았다. 그러나 좌절하지 않고 남은 시간을 어떻게 하면 재미있게 지낼 수 있는지, 아이들에게 어떤 지혜를 남겨줘야 할지 등을 고민했다. 그는 세 자녀에게 '마지막 강의'를 선물로 남긴 후 자택에서 생을 마감하였다.

"지금 내 아이들은 대화를 나누기에는 너무 어리다. 모든 부모들은 자식들에게 옳고 그름에 관하여, 현명함에 관하여, 살면서 부닥치게 될 장애물들을 어떻게 헤쳐 나가야 하는지 가르쳐주고 싶어 한다. 또 부모들은 행여 자식들의 삶에 나침반이 될 수 있을까 하여 자신들이 살아온 이야기를 들려주고 싶어 한다. '마지막 강의'를 하게 된 이유다." 랜디 포시 교수는 특히 행복한 삶은 지금 이 순간에 존재하는 것이며, 매일매일 감사하며 살라고 조언했다.

내가 생각하는 마지막 이별은 방식은 다를지 몰라도 적어도 어른이라면 이렇게 어른다운 모습을 보여주는 것이다. 직접 눈앞에서 운명하시는 그 모습을 지켜보면서 제대로 끝까지 잘 모시지 못함에 대해 죄송스런 마음과 아쉬움이 진하게 남는 것은 어쩔 수 없었다. 누구도 피해갈 수 없는 죽음. 그 죽음이 있기에 현재의 삶이 더 진지해지고, 더욱 가치가 있음을 안다. 어떻게 살아가야 할 것인가를 진지하게 생각하는 계기가 되었다.

SNS, _____
우리가 잃어가는 것들 _____

지하철과 버스를 타보면 대부분 사람들이 습관적으로 휴대폰을 본다. 무엇을 보고 있는지를 애써 알려고 하지 않아도 그냥 눈을 돌려보면 보인다. 게임하는 사람, 지나간 드라마와 예능프로, 영화를 시청하는 사람, 카톡을 하면서 킥킥거리는 사람, 음악 감상이나 외국어를 공부하는 사람, 간혹 강의를 듣거나 전자책으로 독서하는 사람 등 참으로 다양하다. 나 또한 마찬가지다. 그러나 출퇴근 시간에 이어폰을 사용해본 사람이면 누구나 느끼겠지만 지하철은 버스보다 소음이 더 큰 편이다. 볼륨을 더 올려야 제대로 들린다. 그렇다고 청각에 무리가 될 정도로 무한정 볼륨을 높일 수는 없다. 가끔은 그냥 마음을 가다듬고 명상하는 것도 괜찮을 것이다.

많은 사람들이 소셜 네트워크 서비스(SNS)를 한다. 나도 한때 SNS를 적극적으로 한 적이 있었다. 의사소통을 더 잘하려고 만든 SNS 때문에 예전보다 더 잘 소통하고 있는가? 오히려 만남을 통해 진정성 있는 대화를 나누는 것보다 순간순간 자기중심으로 깊이 없이 쉽게 쓴 글로 인해 상대방 입장을 충분히 배려하지 못할 때가 많다. 자칫 사람을 죽이고 살릴 수 있는 것이 SNS이다. 모르는 많은 사람들과도 부담 없이 SNS상에서 쉽게 만나 한없이 좋을 것만 같았던 만남과 소통이 차츰 그다지 의미가 없어졌다. 괜한 시간과 감정만 소비한다는 느낌이 들었다. 몰라도 될 남의 사생활에 덩달아 동참할 필요가 없다는 결론에 도달했다. 모두 그러하지는 않지만 일부 남에게 보여주기 위한 행위나 사진을 올리기 위해 하는 가식적이고 과장된 언행들이 보이기 시작하면서 대부분 탈퇴했다. 굳이 내 생각과 현재 모습을 다수인에게 알리는 것이 무슨 의미가 있을까. 정말 친한 친구는 그렇게 하지 않아도 만나서 정담을 나누게 되고 따뜻한 정을 교환할 수 있다. 다행스럽게도 최근에 '조모 JOMO(Joy Of Missing Out) 현상'이 늘고 있다고 한다. '조모 JOMO'란 디지털 시대에 정보와 유행에 뒤처지는 것을 두려워하는 '포모 FOMO(Fear Of Missing Out)' 증후군과 정반대되는 개념이다. 과다한 정보와 불필요한 인간관계에 피로감을 느낀 사람을 중심으로 혼자만의 시간을 우선시하는 현상이 빠르게 번지고 있다고 한다. 휴대전화 사용시간도 줄이고 SNS 활동 대신에 여행이나 여가시간을 즐기려는 활동을 선호한다는 반가운 소식이다. 나처럼 느끼는 사람들도 있다는 사실에 다행이다 싶다.

호주 프리랜서 작가 매덜레인 도레도 한 달 동안 SNS를 끊은 뒤 그 경험담을 미디어에 공개한 적이 있다. SNS를 중단한 이유 중 하나가 매우 성공한 예술가나 작가 또는 창의적이라고 하는 기업가들과 인터뷰를 하는데 그들 대부분이 SNS를 하지 않는 공통점이 있었다고 했다. SNS를 끊은 뒤 처음에는 그녀도 중요한 일을 놓칠 수 있다는 깊은 우려감에 직면했지만, 시간이 지나면서 평온해지기 시작했고 다른 사람이 느끼는 재미에 더 이상 산만해지지 않을 수 있었다고 한다. SNS에 쏟는 시간 대신에 더 많이 일하는 시간을 갖게 되고 신체적으로나 육체적으로 더 건강해지는 것을 느낄 수 있었다고 한다. 그리고 한가한 순간들을 많이 가지는 것 자체가 창의성에 중요하며, 아무것도 하지 않는 것은 사람들과 보내는 시간만큼 에너지를 충전할 수 있는 방법이라고 한다.

미래학자 니콜라스 카는 『생각하지 않는 사람들』이라는 저서를 통해 이렇게 말했다. "페이스북을 한 번 열 때마다 우리가 잃어가는 게 있다. 공부하기 전 잠깐의 여유, 보지 않고는 못 배길 것 같은 알람음, 이 모든 것들이 모여 '집중력, 그리고 지적 능력'을 서서히 빼앗아 가고 있다. … 오늘날 우리는 SNS, 인터넷 환경에 너무 익숙해진 탓에 자신의 사고방식이 기술 위주로 맞추어 가고 있다는 사실을 좀처럼 인식하지 못한다. 물론 SNS로 인해 정보나 접근성이 유용해진 것은 분명한 혜택이라고 할 수 있겠지만 대부분은 그 사용목적이 빨라지는 콘텐츠 소비 위주로 이어지고 있으며 별로 긴밀하지 않아도 되는 수많은 사람들과 연결된 환경은 집중이 필요한 활동을 계속해서 방해하고 있다. 이러한 반복은 장기적으로 상당히 치명적일 수도 있다. 그 이유는 바로 인간의 뇌가 가진 특성 중 하나인 '신경가소성' 때문이다. 우리 뇌는 자주 사용되는 경로는 강화되며 잘 사용하지 않는 경로는 퇴화되는 구조를 가지고 있는데 휴대폰 환경에 익숙해진 사람의 뇌는 짧은 시간 동안 탐색하는 과정만을 선호하기 때문에 얻은 정보를 체계적으로 구조화하기보다는 계속해서 빠르게 수집하는 데만 관심을 두게 된다. 결과적으로 지식을 채우는 과정이 생략된 뇌의 지적 공간은 텅텅 비어 있게 된다."

니콜라스 카는 대안으로 '독서와 사색'을 권유했다. 이미도 작가 또한 "SNS와 휴대전화에만 집착하면 파편적이고 얇은 사유에 그치지만 deep thinking을 원한다면 종이책과 종이신문을 읽어야 한다."고 했다. 신문도 잘 읽지 않는 사람들이 많아졌다. 휴대폰에서 인터넷 뉴스가 넘치다 보니 굳이 필요성을 못 느낀다. 전자문서로 결재하는 것보다 종이문서로 앞뒤 페이지를 넘겨가면서 문맥을 정리하고, 종이 냄새를 맡아가면서 설득력 있는 문장으로 다듬고 또 다듬어가야 제맛이라고 생각한다. 신문과 책은 아직 그래도 인간냄새가 난다.

발전되어 가는 현대 문명을 일부러 도외시할 필요는 없지만 지나친 중독성은 문제가 될 수 있다. 병영에서도 병사들이 휴대폰을 일과 이후에 사용하도록 허가해 주었다. 병사들 체육활동이 현저하게 줄어들었다고 한다. 과연 전투를 대비하기 위해 평상시 체력단련을 열심히 해야 할 병사들이 휴대폰에만 빠져 있다면 문제가 아닌가. 집집마다 가족 구성원 모두 각자 휴대폰에만 빠져 있다. 진정한 대화가 줄어들고 있다. 무언가 조치를 취해야 한다. 우리가 만든 이 문명기기를 적극 활용하면서도 기기에 굴복당하지 않는 것이 내가 문명기기의 진정한 주인이 되는 길이다.

여행이 좋은 _____
또 다른 이유 _____

"내가 여행을 정말 좋아하는 이유 중 하나는
과거에 대한 후회와 미래에 대한 불안,
우리의 현재를 위협하는 이 어두운 두 그림자로부터
벗어날 수 있기 때문이다. …
여행은 우리를 오직 현재에만 머물게 하고,
일상의 근심과 후회, 미련으로부터 해방시킨다."

－『여행의 이유』 중에서, 김영하

아내와 캄보디아 여행을 다녀왔다. 예전부터 세계 7대 불가사의
라고 불리는 앙코르와트에 가보고 싶었다. 짧은 일정에 우리 국토
의 1.8배나 되는 캄보디아를 충분히 이해할 수는 없었지만, 동행한
현지 가이드 덕분에 보다 많이 알게 되었다. 인간이 신에게 다가가
는 과정을 표현했다는 또 다른 세상 앙코르와트, 한 국가의 흥망성
쇠를 섬세하게 표현한 성전 벽화를 통해 느낄 수 있었다. 캄보디아
의 원류 앙코르 왕조 자야바르만 2세 당시 그 위용은 대단했다. 그

러나 지금의 태국과 라오스, 베트남 일부까지 아우르던 대제국도 결국 내분으로 망하게 된다. 400여 년 만에 밀림에서 발굴된 앙코르와트 같은 사원들이 아직도 600여 개나 그대로 방치되어 있다고 하니 놀랍기만 하다. 그럼에도 휘황찬란한 문화유산의 혜택을 후손들이 제대로 누리지 못하고, 현재 세계 최빈국이라는 사실에 또한 가슴 아프다. 오가는 관광객들에게 달라붙어 "1달러!"를 구걸하는 어린아이들의 모습은 가히 충격이었다. 불과 수십 년 전 6·25 전쟁 당시 우리에게 물자를 지원했었던, 그때는 분명 우리보다 경제 사정이 좋았던 나라였다.

우리 못지않게 캄보디아도 참으로 가슴 아픈 역사를 품고 있다. 한동안 프랑스 식민지였다가 일본 지배도 받았다. 베트남전 당시 인접 국가라는 이유로 수십만 명이 죽었다. 지금도 밀림과 농어촌 곳곳에 당시에 투하되었던 폭탄과 지뢰가 발견되고 있다. 매년 미확인 지뢰에 의한 사고로 피해자가 속출한다. 우리 세대에는 익숙한 영화 〈킬링필드〉에서 본 것처럼 크메르 루즈에 의해 수백만 명이 참혹하게 학살당하기도 했다. 바이욘 사원에서 만났던 온화한 '천년의 미소' 형상은 그래서 참으로 허망하게 보인다. 높은 문맹률, 기아, 낙후된 의료시설, 관료들의 심각한 부정부패 등으로 그들은 아직도 힘들게 살고 있다. 2019년 공식 행복지수는 우리 한국이 54위, 캄보디아는 109위다. 여행 도중 방문했던 초등학교에서 만난 학생들의 똘망똘망한 눈망울은 최근 1,600만 명 인구에 연 7%의 높은 경제 성장률을 보이는 이 나라의 희망이다. 가난에 찌든 교복에서 불과 수십 년 전 지나가는 미군을 향해 "초콜릿!"을 외치던 어릴 적 우리들 모습이 데자뷰 되었다. 이들의 화려한 부활을 위해 앙코르와트에서 유래했다는 "앙코르!"를 힘차게 외쳐주고 싶었다. 동남아시아 최대 규모라는 톤레삽 호수에는 수상촌이 형성되어 있다. 이곳에는 베트남 난민들이 살고 있는데 남베트남이 패망하던 시기에 세계를 떠돌던 '보트피플'이다. 유유자적 여행자 입장으로 이들의 허름한 수상가옥 생활 모습을 둘러보며, 국가가 주는 묵직한 무게감에 지금 우리 안보현실을 돌아보게도 된다.

선진국을 여행하다 보면 앞선 제도나 문화 등을 현장에서 직접 느끼며 많이 배울 수 있다. 공무 출장일 경우에는 상대적 비교를 통해 우리 정책 추진에도 실제로 도움을 받기도 한다. 반면에 후진국을 여행하면 높아진 우리 위상에 자부심을 느끼며, 그들을 반면교사로 삼을 수 있다. 이번 여행을 통해서도 여행은 과거와 현재로부터 잠시 나를 벗어나게도 해주지만, 동시에 그 나라 과거와 현재를 돌아보게 됨으로써 우리 미래를 다시 한번 생각하게 해주는 어떤 특별함이 있다는 것을 깨달았다. 그것이 또 다른 여행의 이유가 아닐까 싶다.

3장

정직 / 성공 / 용기

정직이
최선의 방책이다

사관학교 생활 특징 중 하나가 시험감독이 없다. 매일 치르는 데일리시험, 중간고사, 기말고사가 있지만 교수는 시험지만 나누어주고 교반장 생도가 자율적으로 통제를 한다. "시험 준비 5분 전! 시험 준비! 시험 시작!", "시험 끝 1분 전! 시험 끝! 연필 놓아!" 만일 부정행위를 했거나 발각이 되면 퇴학처분을 당한다. 부정행위를 보고도 묵인한 자가 있다면 그도 응당 처분을 받는다. 시험감독이 별도로 있을 필요가 없다. 그럼에도 간혹 부정행위가 적발되기도 하고, 그에 상응한 퇴학처분을 받는 사례가 가끔 발생한다. 나의 룸메이트였던 동기생 한 명도 퇴학처분을 당했다. 곧 4학년 진학을 앞두고 치르는 3학년 마지막 기말고사에서 책상 위에 연필로 시험정보를 끄적거린 흔적이 발각되어 동기생 신고로 중도에 학교를 나갔다. 그는 매우 성실하고 적극적인 생도였다. 3학년까지 1~2등 성적을 줄곧 유지하였다. 기말고사 당시에 나와 함께 신입생 기초군사훈련 지도를 담당했는데 신입생 교육에 집중하다보면 시험 준비시간이 부족하였다. 대부분 암기는 하였지만, 1등을 놓치고 싶지 않은 욕심에 자기도 모르게 책상 위에 끄적거렸다고 하였다. 그러나 적어놓은 것을 보지는 않았노라고 울면서 강변했었다. 하여튼 생도들은 자기가 노력한 만큼의 정직한 성과만 가지기를 훈육받고, 성적을 부정적으로 취득하면 가차없이 도태당하는 것을 배우게 된다.

졸업한 이후 이러한 가치관도 일부 퇴색되기도 하겠지만 젊은 시절 받았던 강한 느낌은 오랫동안 자기 삶에 영향을 끼치지 않을 수가 없다. 조직 생활을 하다보면 때로 임기응변적으로 거짓을 행하는 사례를 흔치 않게 볼 수 있었다. 잘못을 지적받거나 질책을 받는 경우에 그것을 인정하거나 수긍하기보다는 우선 변명과 반발부터 한다. 그렇게 하지 않았노라고 강하게 부정한다. 증거를 들이대거나 강하게 추궁하면 그제야 시인하는 경우도 있다. 왜 그런 걸까. 인정하면 처벌이 엄하기 때문은 아닐까.

미국 육·해·공군사관학교에는 일명 '용서법'이란 게 있다. 한두 번의 실수나 잘못에 대해서는 일단 용서받을 기회를 주어 스스로 반성을 하도록 해서 행동의 변화를 유도하는 제도이다. 우리 사관학교는 한 번이라도 큰 잘못이 적발되면 강력한 처벌을 받는 데 반해, 이들 학교에서는 잘못에 대해 스스로 인정하고 다시는 실수를 반복하지 않도록 하는 데 목적이 있었다.

인간이기 때문에 누구나 실수할 수 있다는 점을 감안하면 어느 제도가 효율적인지를 세밀하게 따져볼 필요도 있을 것 같다. 우리 군에서는 민간사회에서는 그냥 웃으면서 용서받을 수 있는 일도 지휘관에 따라서는 매우 엄하게 처벌받기도 했었다. 지금은 이런 폐단을 개선하기 위해 동일한 양형기준을 엄격하게 적용하고 있다.

 사관생도는 4년 동안 매일같이 점호행사 때 '사관생도 도덕률'을 외친다. "사관생도는 진실만을 말한다. 사관생도의 행동은 언제나 공명정대하다. 사관생도의 언행은 언제나 일치한다. 사관생도는 부당한 이득을 취하지 않는다. 사관생도는 자신의 언행에 대하여 책임을 진다."

 첫 번째로 외치는 것이 진실만을 말한다는 것이다. 실수했을 때는 솔직히 인정하고 용서를 구하면 된다. 만일 용서를 받지 못하더라도 정직하게 고하는 것이 거짓을 말하는 것보다는 낫다. 물론 너무 정직하게 "너는 사실 못생겼어. 너는 능력이 없는 것 같아"처럼 할 필요는 없다. 그럴 때는 '화이트 거짓말'이라는 너무나 멋진 도피구가 있지 않은가. 중국 병법 '무경칠서(武經七書)' 중 하나인 이위공문대(李衛公問對)에서도 당태종에게 충언을 할 때 왕이 묻는 말에 사실대로 말하는 대신 선대(先代) 왕들 사례를 들어 선왕 누구는 그런 경우에 이렇게 처리했다는 말로 가늠한다. 무조건 "아니 되옵니다!"가 아니라 이처럼 지혜롭게 충언을 하는 방법도 있다. 언행이 일치하는 사람, 진실 되고 정직한 사람이라면 누구나 신뢰할 수 있는 사람이다.

 연대장으로 근무할 때 내가 신뢰한 매우 유능한 예하 지휘관이 있었다. 어느 날 감찰에서 그 지휘관부대에서 민원이 제기되었는데 회식 후 부대운영비로 계산하고도 참석한 간부들로부터 회식비용을 별도로 갹출하여 지휘관이 챙기고, 부대비품도 관사로 가져가서 사용하는 등 여러 가지 비위사실이 있다는 것을 통보받았다. 해당 지휘관에게 직접 확인했다. 그런 사실이 없다고 했다. 그를 신뢰하고 있었던 나는 그런 사실이 없고 오해인 것 같다고 보고했다. 얼마 있다가 또다시 연락이 왔다. 또 다른 민원이 있으니 확인하라는 것이다. 다시 확인했다. 절대 그런 일이 없다고 한다. 감찰에서는 내가 예하부대장을 너무 감싼다고 했으며 재차 확인을 원했다. 또다시 확인할 수밖에 없었다. 인사실무자를 배석시킨 뒤 "이제 마지막으로 묻겠다. 정직하게 말하지 않으면 규정대로 처리하겠다." 그는 마지막까지도 사실을 말하지 않았다. 결국 감찰조사에 의해 그의 비위가 드러났다. 징계조치까지 간 그와 이야기를 나누었다. 왜 사실대로 말하지 않았는지. 그가 "겁이 나서 사실대로 이야기하지 못했다"고 고백하는 모습에서 배신감과 안타까움을 느꼈다.

지금 내게 부여되어 있는 권력과 권위는 영원히 나의 것이 아니다. 내게 주어질 때는 이를 두려워하면서 성심성의껏 다루어야 한다. 마치 어린 아기 다루듯이 해야 한다. 만일 그때 사실대로 자기 잘못을 인정했더라면 잘못은 했을망정 용서를 받을 수 있는 기회는 있었을 것이다. 능력은 출중하였으나 정직하지 못한 행동으로 인해 결국 스스로 화를 자초한 사례였다.

어느 조직이든지 기강을 확립하기 위해서는 신상필벌(信賞必罰) 분위기가 살아있어야 한다. 신상필벌은 구성원들이 상 받을 자는 상을 받게 하고, 벌 받을 자는 벌을 마땅히 받는 것을 믿게(信) 하는 것을 말한다. 아무리 열심히 하고 창의적으로 업무를 수행한들 공적이 없는 자도 순번대로 상을 받는 직장 분위기라든지, 부여된 업무를 소홀히 하고 근무태만 행위를 반복해도 아무런 벌칙을 부여하지 않는 온정주의가 지속되는 조직이라면 어떻게 기강이 서겠는가. 지휘관이나 리더는 좋은 게 좋은 거라고 그냥 지나칠 게 아니라 잘하는 것은 더 잘할 수 있도록 격려하고, 잘못된 것은 즉각적으로 바로 잡아주는 역할을 해야 하며 그 결과에 대해 책임지라고 책임자로서 존재한다. 부하직원과 상관 간에는 이런 믿음이 있어야만 조직은 더욱 탄탄해지는 것이다. 그렇다고 신상필벌에만 기대어 너무 칼자루만 쥐고 흔든다면 공포분위기만 조성될 수도 있다. 적절히 균형 있게 해야 한다. 실수는 과소여부를 잘 따져보고, 진정성 있는 반성과 열심히 하는 과정이 있었다면 정상참작을 할 수도 있다. 법원에서조차 판결할 때는 피의자가 진정성 있게 반성하는지 여부를 보고 형량을 조절하지 않는가.

육사에서 훈육관으로 근무할 때였다. 생도로부터 누가 자신의 카드를 가지고 현금지급기에서 자기도 모르게 현금을 찾아갔다고 신고가 들어와 가까운 은행을 함께 찾았다. 어느 현금지급기에서 발생되었는지 알아내 출금자 앞뒤 사람에 대한 인적조회를 요구했다. 은행에서는 개인신상이라 알려 줄 수 없다며 필요하면 영장이 필요하다고 하기에 어쩔 수 없이 복귀했다. 그날 저녁 모 생도가 찾아와 자수했다. 후배들에게 축제선물을 사려는데 돈이 없어 순간적으로 카드를 훔쳤지만 현금만 인출하고 사용도 하지 않은 채 그냥 가지고 있다고 했다. 잘못했다며 퇴학 등 어떠한 처벌도 달게 받겠다고 해서 일단 돌아가라고 했다. 규정상 징계위원회를 개최하여 퇴학 처분을 해야 했다. 피해 당사자를 불러 누군지는 알려주지 않고 상황을 설명하며 어떻게 했으면 좋겠느냐고 조심스레 의견을 물었다. 의외로 흔쾌히 "용서를 해주었으면 좋겠다"고 거듭 건의했다. 며칠간 고민을 했다. 어떻게 해야 하나. 규정대로만 처벌할 것 같으면 '생도규정'만 있으면 되지 훈육관인 내가 굳이 존재할 이유가 없지 않을까? 각각 따로 불렀다. 용서하는 것으로 마무리를 지었다. 그는 실수는 했지만, 곧바로 정직하게 용서를 구했다. 그런 행위가 발생하지 않으면 더 좋겠지만 그나마 선처받을 여지가 생기는 것이다. 정직은 때로 모든 규정을 뛰어넘을 수 있다.

공직생활을 하다 보면 상급자에게 보고를 완료한 이후에 미처 세밀하게 살펴보지 못한 사안이나 뒤늦게 새로운 사실이 발견되는 경우가 있다. 이미 보고했던 내용에 변경 내지 정정해야 하는 경우도 발생할 수 있다. 이런 경우에 대부분 고민한다. 보통 신속하게 정정 보고를 하는 것이 당연하다. 절차대로 일단 상급자에게 보고해야 한다. 보고하는 순간 상급자에게도 책임이 전가된다. 재보고가 무서워 머뭇거리다가 더 큰 화를 면하기 어려운 경우도 발생한다. 재보고를 하다보면 때로는 다른 현명한 방안들도 도출되기도 한다. 그러나 가끔 혼이 나기도 하고 책임소재가 따를 수도 있다. 그것을 감내할 수 있는 것이 용기이다. 혼나는 것은 잠시이지만 뭉그적거리다 적기를 놓쳐 낭패를 보는 경우가 허다하다. 능력은 피차일반 서로 비슷하다. 그러나 보고서를 통해 나타나는 인품에서는 격이 다르다. 잘못을 바

로 인정할 수 있는 용기. 그것이 때로 더 큰 일을 할 수 있는 능력이
될 수 있다. 공직자는 정직이 최선의 방책이라는 것을 나는 숱한 경
험을 통해 느꼈다.

목민심서와
청탁금지법 _____

베트남 국부로 존경받는 호찌민이 늘 가슴에 품고 다니며 즐겨 읽었고 자신이 죽으면 머리맡에 놓아 달라고 했다는 목민심서, 모 언론매체에서 이러한 내용은 잘못 알려진 것이라고 방송된 적이 있다. 그럼에도 여전히 이러한 사실의 진위 여부에 무관하게 믿고 싶어 하는 것은 목민심서 가치가 그만큼 높다는 방증이 아닐까?

사관생도 시절부터 간간이 읽어보았던 목민심서는 매우 경이로웠다. 목민심서는 정약용이 신유사옥으로 전남 강진에서 19년간 귀양살이를 하던 중 57세 되던 1818년(순조 18)에 저술한 책이다. 유배된 환경에서도 백성을 위하는 마음과 목민으로서 지켜야 할 지침서를 매우 세세하게 서술해 놓은 것을 보고 대단하다고 생각했다. 나 또한 다양한 공직생활을 경험해본 입장에서 볼 때 수백 년이 지난 지금도 무척 공감되었다. 틈틈이 읽어보면서 공직자로서 올바른 마음과 몸가짐에 대해 생각하게 해준 책이었다. 많은 고전 가운데 이처럼 지방관리(리더)가 청렴을 바탕으로 오직 임무에 충실해야 한다는 지침서다운 책은 유일한 것 같았다. 현대의 공직자 생활이 조선 후기 상황과는 사뭇 다르지만 오늘날 공직자들이 어떤 마음으로 근무를 해야 할 것인가에 대한 동기부여가 될 수도 있다. 무릇 모든 공직자는 어항 속에 살고 있는 물고기처럼 누구나 나를 보고 있다고 생각하며 근무해야 한다.

목민심서는 목민관으로 불리는 지방 수령이 부임부터 보직을 마치고 떠날 때까지 모든 분야를 나름대로 소상하게 작성한 지침서이다. 현대의 지자체장 업무시행규칙 정도라고 할까? 그 많은 내용 가운데 새로운 부임지에 갈 때는 업무에 참고할 만한 책들만 가져간다는 대목이 매우 신선하게 와 닿았다. 항상 깨어 있는 자세로 근무해야 하는 공직자의 모습이다. 목민관은 청렴과 절검을 생활신조로 명예와 부를 탐내지 말고, 뇌물을 받지 말아야 하며 백성에 대한 봉사정신을 바탕으로 백성을 사랑하는 애휼정치에 힘써야 한다고도 했다.

현재 우리 대한민국은 어떠한가. 우리도 부패방지권익위법 제8조 '공직자 행동강령'에 의해 공직자가 준수해야 할 규정을 법제화했다. 2016년에 제정된 청탁금지법에는 어떤 경우가 뇌물 범위에 포함되는지, 또는 법률에 위반되는지를 스스로 확인할 수 있게 하였다. 대부분 공직자들의 금지·제한에 관한 사항 위주로 강화시켜 놓았다. 현재 지방정부도 갈수록 그 권한과 책임 범위가 확대되는 중이다. 이미 제주도는 특별자치도이며 모든 지자체가 작은 지방정부이다. 조선 후기에는 왕권으로 형성된 중앙정부의 힘이 제대로 미치지 못했기 때문에 지금 지자체보다 지방정부의 힘이 더 막강했을 수도 있다. 관료의 부패는 동서고금을 막론하고 중앙이든 지방이든 존재해왔다. 정도만 차이 날 뿐 관료와 결탁한 부정부패가 오늘 저녁 8시 뉴스에서도 메인으로 등장할 수 있다.

TV 뉴스를 시청하면 예전에 내가 직·간접으로 모셨던 분이나 알고 지냈던 선후배 그리고 동료, 지인들이 가끔 뉴스에 등장하는 경우를 본다. 그들 중에는 지휘책 임을 지고 자리에서 물러나는 경우도 있었지만, 일부는 이해관계자로부터 금품수수행위 혐의를 받는 경우도 가끔 있었다. 안타까운 일이다. 100가지 일 가운데서 1가지 일만 잘못해도 잘해왔던 99가지 일에 대해서조차 불신을 받게 되는 것이 바로 뇌물이나 부패행위이다. 겨우 몇 푼 금품수수로 어렵게 공들여 이루어 놓은 명예가 하루아침에 실추되고, 퇴직연금조차 제대로 받지 못하는 신세가 된다. 고위공직자일수록 한 방에 훅 간다. 이런 유혹은 아주 쉽고도 자연스럽게 그리고 우연히 올 수 있다. 나에게도 최초로 찾아왔던 유혹을 아직도 잊을 수 없다. 지금도 그때 그 장면과 내가 고민했던 그날 밤 기억들이 눈에 선하다.

대위 계급으로 포대장 직책을 수행할 때였다. 토요일 오후에 퇴근하던 중이었다. 당시 면회 온 모 병사 어머니가 나를 알아보신 모양이었다. 식당가에서 기다렸다는 듯 반갑게 달려왔다. 해맑게 인사하시면서 모 병사 어머니라고 말씀하셨다. 나도 인사를 했더니 잘 지도해주서서 감사하다고 하고는 손에 무언가를 쥐여주시고는 황급히 달아나버린다. 편지 봉투였다. 뿌리칠 새도 없이. 무엇인지도 모른 채 다른 사람들이 쳐다보는 것 같아 민망해서 그냥 받아들고 집에 와서 봉투를 열어보니 10만 원이 들어있었다. 1988년 당시 10만 원이면 결코 적은 돈은 아니었다. 당시 짜장면 한 그릇이 700원이고 현재 5,000원 정도이니 요즈음으로 따지면 대략 70만 원 정도 될법하다. 그때부터 고민 아닌 고민이 시작되었다. 이걸 어떡하나? 난생 첫 고민을 하면서 뒤척였다. 당시 포대장이 한 달 부대운영비로 사용할 수 있는 정도의 돈이 갑자기 들어온 것이다. 밤새 고민했던 것 같다. 다음 날 일요일임에도 아침 일찍 부대에 출근했다. 5분대기 비상소집조를 면회지역으로 보내어서 그 병사를 찾아오게 했다. 영문도 모르고 붙들려온 그 병사에게 메모를 적은 쪽지를 건네며, 어머니께 전달해드리라 하고 봉투에 10만 원도 그대로 돌려드렸다. 메모에는 "어머니 감사합니다. 저는 이제 막 군 생활을 시작하고 있는 위관장교로서 군 생활을 원칙적으로 바르게 하고 싶습니다. 이러지 않으셔도 됩니다. 다른 병사들과 똑같이 잘 지도하겠습니다. 걱정하지 마세요." 이런 내용을 써서 전해드렸던 것 같다. 그리고 얼마나 마음이 편해졌는지 모른다. 안도의 한숨마저 나왔다. 그리고 월요일에 출근했더니 당시 인사계(행보관)가 나에게 보고했다. 그 병사 모친이 인사계 집에도 찾아와서 돈을 주고 갔다고 한다. 오늘 돌려주었다고. 순간 만일 내가 돌려주지 않았다면 어떻게 되었을까 하는 생각이 들었다. 이래서 상급자는 모범을 보여야 하는구나. 아찔함과 동시에 한때 갈등했던 스스로가 미안했다. 이때부터 돈 몇 푼 받아서 순간 희희낙락하는 것보다 공평무사함의 원칙이 더 소중하고 마음 편함을 뼈저리게 느끼게 되었다. 적어도 내가 군 생활하는 동안에 주변에서 말하는 소위 빽(배경)이 없거나 돈이 없어도 동일하게 인격적으로 대우받게 해주겠다는 생각을 더 다지게 되었다. 그 이후에도 유사한 유혹을 받은 적이 더러 있었다. 그럴 때마다 이때 밤새워 고민 아닌 고민을 했던 그때를 떠올리며 단호한 입장을 취할 수 있었다. 다행히 불순한 대가를 주지도 받지도 않고 공직생활을 잘 마칠 수 있게 된 것에 감사한다. 대부분 우리 군인 간부들이나 공무원들은 다산 정약용이 우려했던 목민관이 되지 않기 위해 갈등을 하면서 그런 유혹에서 벗어나려 노력하고 있다.

미국 콜게이트 대학 존스턴 교수에 의하면 국가 부패 유형으로 독재형, 족벌형, 엘리트 카르텔형, 시장 로비형으로 구분되는데 대한민국은 대표적인 엘리트 카르텔형이라고 한다. 정치인, 고위관료, 대기업인 같은 엘리트들이 자신들만의 네트워크, 즉 학연, 지연 등 인맥으로 뭉쳐서 일종의 카르텔을 구축하여 권력을 유지하는 기반을 만들고 부패를 통한 이익을 추구한다는 것이다. 『명견만리』에서도 군 출신의 방산비리 사건이나 고위 퇴직자가 부품업체에 재취업해서 저지른 원전 납품 비리도 인맥을 통한 일종의 권력형 부패로 볼 수 있다고 지적한다. 영화배우 최민식이 주연으로 나왔던 〈특별시민〉에서도 "정치는 패밀리 비즈니스야!!"라고 강변하는 대목이 있다. 그들만의 정치판에 끼지 못하면 자연스럽게 도태되는 구조가 일부 일그러진 우리 사회모습이다. 그래도 청탁금지법이 시행되면서 엄청난 변화가 불어온 것은 사실이다. 이 법의 물꼬를 텄던 김영란 전 국민권

익위원장이 말했듯이 이제는 우리도 학연과 지연뿐만 아니라 정치권력, 자본권력, 언론권력 등 꼬리에 꼬리를 물고 얽혀 있는 엘리트 카르텔을 깨야 한다.

몰려다니는 패거리 문화, 끼리끼리 문화를 이젠 청산해야 한다. 군에서도 지휘관 한마디면 무조건 시행하는 것이 충성이 아니라, 불합리하고 불법적인 명령에 대해서는 법적 측면에서 잘 가려서 처신해야 진정한 충성임을 인식할 때가 온 것이다.

가장 청렴한 국가라고 알려진 싱가포르도 1995년까지는 부패가 만연된 나라였다. 우리도 세계가 믿고 투자할 수 있는 청렴한 나라가 되기 위해서는 청탁금지법이 더 보완되어야 할 것이다. 현재 국민 88%, 공무원 97%는 청탁금지법 시행이 우리 사회에 긍정적인 영향을 미친다는 설문결과(한국리서치, 2019. 청탁금지법 시행관련 인식도 조사 결과)도 있지만, 계속 발전되어야 한다.

그동안 우리 사회는 존스턴 교수가 지적했듯이 여러 가지 연고(緣故)들이 의사결정에 영향을 미치고, 알선이나 청탁 등이 별다른 문제의식 없이 일부 행해져 왔으며, 음식 접대나 선물이 관행처럼 내려온 점은 있었다. 이처럼 일부 공사구분이 분명하지 못한 점은 있었으나, 나는 우리 공무원들이 '청탁금지법'이라는 새로운 시스템에 대한 준수정신 또한 강한 편이라고 믿어 의심치 않는다.

이제는 인맥이 아니라 신뢰와 시스템으로 움직이는 사회를 구현해야 한다. 그래서 정약용의 목민관 지침서인 『목민심서』에서 청탁금지법으로 연결된 법과 제도를 지속적으로 개선하여, 부패의 소지를 한 단계씩 없애 나가는 것이 우리 사회의 신뢰를 회복시키고 나아가 경제성장까지 이어지게 한다는 명쾌한 논리를 깨우쳐야 할 것이다.

그대는 성공을 위한 _____
'그릿'이 있는가? _____

새해를 앞두고는 통상 다이어트, 운동, 공부 등 목표 달성을 도와줄 '결심 상품' 판매가 급증한다. 대부분 작심삼일(作心三日)만 반복하는 것은 왜 그럴까. 분명 마음을 다잡았건만 왜 쉽게 지키지 못하는 걸까. 어떤 일이든 시작은 누구나 할 수 있는데 아무나 성공하지 못하는 이유는 무엇일까.

미국 심리학자 엔젤라 더크워스 박사는 10년간에 걸친 사례와 실험을 통해 성공에 결정적인 역할을 미치는 것은 재능이 아니라 '그릿 (GRIT)'이라고 강조했다. 성장(Growth), 회복력(Resilience), 내재적 동기 (Intrinsic Motivation), 끈기(Tenacity)의 줄임말이다. 큰 야망을 품고 자신의 부족함에 불만을 가지면서, 쉽게 좌절하지 않는 회복력과 불굴의 투지가 성공을 이끈다고 했다. 힘들다고 알려진 미 육사(웨스트포인트)의 비스트(Beast) 훈련에서도 중도에 포기하지 않는 이들은 '그릿'이 있기 때문이라고 한다. 우리 한국의 생도들도 매우 힘든 유격훈련도 받는다. 우리들은 훈련과정에서 앞선 선배기수가 훈련 기넘비에 남긴 문구를 평생 잊지 못한다. 그 문구는 "또 없는가!" 이었다. 이 얼마나 멋진 말인가. 이처럼 어떠한 어려움과 역경에 처하더라도 자신이 성취하고자 하는 목표를 위해 끝까지 해내는 능력은 따로 있다고 보았다. 세계적인 기업인 퀄컴의 모토 또한 "We make impossible possible(우리는 불가능을 가능하게 만든다)"이다.

〈생활의 달인〉이라는 TV 프로그램이 있다. 우리 주변에 이런 달인들이 의외로 꽤 많다는 사실에 놀란다. 그분들은 타고난 재능보다는 생활 속에서 오랜 시간 눈물겨운 노력을 통해, 그 분야에서 최고의 재능을 발휘하고 있다. 타고난 재능이 없는 사람이 가진 최대무기는 '노력'이라는 말도 있다. 이와 유사한 〈영재 발굴단〉이라는 프로그램도 있다. 여기에 나오는 어린 영재들의 재능과 집중력 또한 가히 경이로울 정도이다. 훌륭한 재능에 '그릿'이 더해지면 먼 훗날 분명히 멋진 달인들이 되리라.

우리에게도 '그릿'과 같은 개념을 가르쳐 주는 곳이 있다. 바로 군대다. 군에 입대하면 '필승의 신념'과 '임전무퇴의 기상'을 훈련과 단체 운동 등을 통해 배우게 된다. 필승의 신념은 어떠한 악조건 속에서도 싸워 이길 수 있다는 굳센 믿음이다. 임전무퇴의 기상은 전투에 임하여 결코 물러서지 않는 불굴의 투지로 승리를 쟁취하는 것을 말한다. 이런 군인정신이 몸에 깃들면 자신감은 물론, 어떤 일이나 어디에서나 최선을 다할 것이다. 내가 대위 시절에 여단 대항 체육대회에서 줄다리기 포병여단 팀을 맡은 적이 있었다. 나름대로 나무에 줄을 매달고 열심히 연습했다. 공병 여단팀과 맞붙었다. 팽팽한 줄을 잡는 순간, 줄 너머로 상대의 투지가 무섭게 전해졌다. 결국 공병 여단 팀이 우승했다. 나중에 들어보니, 그들은 불도저를 상대로 손에 굳은살이 생길 만큼 연습을 하면서 끝내 미동도 없던 불도저조차도 끌었다고 한다. 누구나 최선은 다하지만 누가 더 집념과 불굴의 투지가 강하냐에 따라 그 결과가 달라진다.

박항서 감독이 베트남 축구 성공신화를 만들었다. 확 달라진 베트남 축구를 보노라면 그들에게서도 '그릿'이 느껴진다. 어떻게 저렇게 달라졌을까. 박항서 감독이 마음과 생각을 먼저 바꾸어 놓은 것 같다. 인간적인 파파 리더십만으로 바뀌지는 않았을 것이다. 반드시 이길 수 있다는 자신감과 필승의 신념을 깊이 심어주었을 것이다. 우리에게는 너무나 잘 알려진, 이순신 장군이 "금신전선 상유십이(今臣戰船 尙有十二) 출사력거전 즉유가위야(出死力拒戰 則猶可爲也), 지금 신에게는 아직 12척의 전선이 있습니다. 죽을힘을 다해 싸운다면 오히려 막아낼 수 있습니다."라고 말한 것처럼 심기일전! 더 이상 물러서지 않겠다는 '그릿'의 열정으로 다시 도전해본다면 우리 모두 각자 원하는 꿈을 이룰 수 있지 않을까 싶다.

왜 고개 숙이나?

"최선을 다했는데 왜 고개 숙이나?"라는 박항서 감독 말이 베트남 전체 사회에 잔잔한 울림이 된 적이 있다. 호치민시 다오 손 타이 고등학교에서 박항서 감독이 23세 이하(U-23) 베트남 대표팀 선수들을 격려하기 위해 남긴 이 말을 논술시험 주제로 채택해 관심을 모았다. 히딩크 감독과 비견되는 박항서 감독의 이 말 한마디가 베트남뿐만 아니라 한국에서도 감동을 주고 있다. 우리가 월드컵 4강전에 올랐던 기분처럼, 역대 동남아에서 이렇게 좋은 성적을 낸 적이 없었던 베트남은 그야말로 축제다. 베트남에서는 좀처럼 보기 어려운 눈이 오는 날. 결승전에서 최선을 다해 뛰고 또 뛰는 결연한 모습을 보여주었던 선수들에게 베트남 온 국민들이 반한 것이다. 우리도 하면 할 수 있다는 강렬한 자신감을 고취시켜 준 것이다.

국회 직원들과 베트남 하노이를 방문한 적이 있었다. 하노이는 김우중 전 대우회장이 언급했다는 '제2의 코리아'라는 표현이 적절하다고 볼 정도로 우호적이었다. 우리 국민들과 성향이 비슷한 민족성이 있다고 해도 과언이 아닐 정도였다. 우리는 베트남 전쟁을 통해 자의이든 타의이든 많은 정서적 부채를 가지고 있다고 볼 수도 있다. 하노이에만 해도 약 2,000개 이상의 한국기업이 전개되어 있고 이들 활동과 역할에 대해 베트남 국민들은 매우 감사하게 여긴다고 하였다. 그래서 앞으로도 더 많은 경제적 교류가 이루어지리라 생각된다. 우리 일행이 방문한 베트남의회에서도 따뜻한 대우를 받았으며 지속적인 교류를 희망하였다. 한국의 국회의장단 일행도 주기적으로 베트남 의회를 방문하고 있다. 베트남의회 본회의장을 들어서보니 우리 국회와 유사한 형태임을 알고 다소 의아스러웠다. 알아보니 베트남의회를 새로 지을 때 한국 국회의사당을 방문하여 설계도를 요청했다고 한다. 설계도는 줄 수 없다고 했더니 여러 가지를 세부적으로 협조 요청하여 잘 지원했다고 한다.

이처럼 베트남은 한국을 벤치마킹하여 더 높은 발전을 기하고자 노력하고 있고 매년 경제성장률도 증가추세다. 우리나라도 월드컵을 국내에서 주최하면서 국가적으로 더 많은 성장을 하였다. 그 이후 꿈에 그리던 외국에서의 16강전 탈취라는 목표도 달성하게 된다. '꿈은 이루어진다.'라는 카드 섹션을 보면서 많은 국민들의 공감을 불러일으킨 것도 바로 축구였다. 베트남 국민들에게 우승이라는 선물을 드리고 싶었지만, 턱밑에서 좌절된 선수들이 감독에게 미안한 마음에 고개를 숙였을 것이다. 감독은 따뜻한 마음으로 "이 정도만 했어도 잘한 것이다. 고개 숙일 일이 아니다"라고 했다. 4강만 해도 잘한 것인데 준우승이라니. 그들은 두고두고 이야기할 것이다. 우리가 드디어 해내었다고.

어느 늦은 가을. 양구에서 포대장(대위)을 할 때 군단에서 주관하는 태권도 경연대회가 있었다. 우리 포대가 포병여단 대표로 선발되어 태권도 품세, 겨루기, 벽돌격파 부문에 참가했다. 사전에 통보하지 않고 목요일 저녁에 불시에 알려주었고 대회는 월요일이었다. 조건은 전 요원 100% 참여해야 한다는 것이었다. 나는 평상시 매월 진급심사 평가를 규정보다 엄하게 했다. 그 평가요소 중 하나가 태권도 품세였다. 당시 우리 포대 장병은 80% 이상이 유단자였다. 60% 수준인 다른 포대에 비해서는 매우 높았는데 신병들을 제외하고는 대부분 유단자였다. 지독하게(?) 교육시킨 결과였다. 휴가 병사들을 연락해서 전원 복귀시켰다. 당일 저녁 혹은 다음 날 아침 일찍 모두 복귀하였다. 남은 일정은 다음 휴가에 반영해주기로 약속했다. 품세 1~7장 가운데 몇 장을 시킬지 모르기 때문에 전 품세를 완전히 암기해야 했다. 개인별로 짧은 기간 내 숙달할 때까지 훈련했다. 각자 동서남북 임의 방향대로 서게 하여 각자 다른 품세에 따라 훈련을 하도록 만들어 옆에 있는 사람을 보고 눈치껏 따라할 수 없게 했다. 합격자만 취침하게 했는데 새벽 2시경에 끝났다. 겨루기는 별도로 연습할 시간이 없었고 뛰어난 선수가 없어서 포기했다. 벽돌격파는 어떻게 하면 잘 할 수 있을 것인가 고민하다가 양구시내에 있는 태권도 도장을 무작정 찾아갔다. 다행히 태권도 코치가 내무반에서 연습하는 방법을 알려 주었다. 침구인 매트리스 위에서 팔의 온 힘을 수직으로 내리치는 훈련방법을 자세하게 알려주었다. 벽돌격파방법을 내무반에서 틈틈이 시켰다. 마침내 심사 당일. 포대원임을 일일이 대조하여 확인한 후 정렬을 시키고, 품세를 먼저 측정했다. 우리 병사들은 연습한 대로 어떤 방향으로 돌려놓아도 한 치 오차도 없이 완벽하게 수행했다. 태권도가 이렇게 멋있는 줄 그때 처음 알았다. 병사들이 대단했다. 품세측정결과 공동 1위였다. 경연장에 가서 보니 군단예하 다른 사단들은 사단 최정예 수색중대들과 특공연대 중대 등이었다. 이후 격파장에서 다른 부대원들이 붉은 벽돌이 너무 두꺼워 제대로 깨지 못하기에 다소 걱정이 앞섰다. 우리 차례였다. 처음에 한두 명이 겁먹고 제대로 격파를 못했다. 기합소리가 높아지면서 나머지 병사들은 대부분 격파했다. 결국 격파에서 우리 포대가 1등을 했다. 겨루기는 높은 개인역량을 보유한 자가 없어서 예상대로 성적이 좋지 않았지만 종합 준우승을 하였다. 다른 부대가 상을 받는데 포대원들 박수소리가 들리지 않았다. 그래서 뒤를 돌아보면서 "다른 부대라도 박수 좀 쳐주라"고 조용히 이야기하였다. 그런데도 별로 들리지 않았다. 시상식이 끝나고 확인해보니 격파로 인해 손이 아파 박수를 칠 수가 없었다고 한다. 그들은 전출 가는 포대장을 위해 마지막 선물을 해드리자고 자기들끼리 단합을 하였다고 한다. 오히려 우승 못 해 미안하다고 고개를 숙였다. 나도 박항서 감독과 똑같은 말을 했다. 왜 고개 숙이냐? 너희들이 왜 미안하냐? 오히려 내가 미안했다. 내일 전출일자를 받아놓고도 차마 일언반구 말도 꺼내지 못했는데. "고맙다. 미안하다. 그래도 우리는 최선을 다했다. 사단 최정예 수색중대, 특공중대와 겨루어서 이 정도면 잘한 것 아니냐. 정말 잘했다." 다음날 정든 양구를 떠나왔던 기억이 수십 년이 지난 지금도 가끔 생각하면 가슴 뭉클해진다.

급행과 일반행 _____

김포공항에서 여의도로 가려면 9호선을 이용한다. 9호선에는 일반행과 급행 두 가지 노선이 있다. 한번은 일반행 또 한번은 급행. 사람들은 급행을 선호하기 때문에 급행은 통상 매우 혼잡스럽다. 출퇴근 때는 지옥철이라고도 한다. 나도 처음에는 급행이 무조건 빠른 줄 알고 일부러 급행이 정차하는 역을 찾아 갈아탔었다. 그런데 실상 기다리는 시간과 혼잡성을 고려하면 그다지 빠른 것도 아니었다. 겨우 십여 분 정도 차이인데도 사람들은 급행에만 몰리는 경향이 있다. 일반행은 좀 더 편안하게 갈 수도 있는데 말이다.

돌아보면 인생에도 급행과 일반행이 있다. 급행처럼 무조건 빨리 달리고 고속 승진하는 인생이 있다. 급행은 급행대로 장점도 있다. 일반행은 일반행대로 목적이 분명하다. 급행 인생을 탄 사람은 주변 도움과 자신에게 계속해서 주어지는 좋은 행운에 감사할 줄 알아야 한다. 일반행을 탄 사람도 자신의 역량 향상에 지속적으로 노력하면서 안정된 생활에 감사할 줄 알아야 한다. 때로는 엉겁결에 급행에 합류하는 경우가 있고, 급행에 타야 할 사람이 일반행에 타는 경우도 있을 것이다. 남자는 관 두껑에 못질할 때까지는 그의 미래가 어떻게 될지 모른다고 한다. 능력에 기회가 보태어지면 행운이라고 했던가? 입사 초기에는 별로 능력이 크게 돋보이지도 않고 자신과 차이가 없어 보였던 친구가 어느 순간부터 고속 승진하는 것을 보게 되는 경우가 있다. 대부분 그런 친구의 능력과 사실을 인정하기보다는 과거에 인식하고 있던 정형화된 틀에 남아있는 그를 평가하는 경향이 있다. 심지어는 질투하고 부러운 나머지 친구에 대해 험담과 폄하하려는 행동이나 태도를 보이는 이들도 있다. 그 친구는 나름대로 죽을 듯이 살아왔을 수도 있음을 잊고 자기만 열심히 살아왔다고 착각할 수 있다.

아직도 우리 사회에서도 지연, 학연, 근무연, 종교연 등 연결고리에서 과감하게 탈피하지 못하고 있다. 사람 사는 곳이니까 어쩔 수 없다는 식으로 이야기를 해버리면 과연 이 사회에 정의가 있는가 하는 의문만 남게 된다. 인성과 능력을 배양하기보다는 인적네트워크에만 매달리는 사회는 결코 건강하지 못하다. 결국 인적네트워크도 일종의 추천제와 같은 형식을 거치게 되겠지만 균형 있는 인사가 이루어지는 사회적 분위기가 되어야 한다. 어떤 이는 처음부터 아예 일반행을 선택하는 경우도 있다. 이러한 사람들도 주어진 직책에서 최선을 다해 조직에 기여한다면 문제가 없지만, 복지부동으로 안일하게 업무를 한다면 이런 사람들이 더 큰 문제이다. 공직사회에서 복지부동은 비겁한 행위이다. 정권이나 장관 교체시기에 다다르면 책임을 지지 않으려는 자세, 이리 빼고 저리 돌리고 결국 본인 결재는 없어지고 위원회라는 이름으로 책임을 분산시켜 물타기 하는 무책임한 태도는 공직자의 바람직한 자세는 아니다.

　인생에 있어서는 급행이든 일반행이든 결국 그렇게 중요하지 않은 것 같다. 지하철 9호선도 개화역과 중앙보훈병원역이라는 출발역과 종착역이 있듯이 우리 인생에도 결국 종착역이 있기 때문이다. 사회적 직위와 계급이 무엇이든 주어진 시간과 여건에서 나름의 열정으로 어떻게 살아왔는가가 더 중요하지 않을까? 과연 나는 급행을 타기 위해 얼마나 노력을 했으며, 급행을 놓쳤을 때는 조급해하면서 또한 얼마나 아쉬워했던가. 오늘도 급행은 급행대로 일반행은 일반행대로 운행되고 있다. 선택한 그 순간 순간을 알차게 보내며 그에 맞게 살아가는 것이 차라리 더 현명하고 행복하지 않을까. 중국 격언에 "느린 것을 두려워하지 말고, 중도에서 그만두는 것을 두려워하라"는 말이 있다. 결과도 중요하겠지만 끝까지 포기하지 않고 최선을 다하는 과정 자체가 더 아름다운 선택일 것이다. 조급해하지 말자. 빨라야 수분에서 수십 분밖에 차이 나지 않더라!

삼국지
영웅들처럼

일부 CEO들의 사려 깊지 못한 행위가 심심치 않게 언론에 오르내리곤 한다. 고용세습이니 직원 폭행 등 불공정하고 인격을 함부로 무시하는 행위는 참으로 보기에 안타깝다. 그런 CEO들에게 묻고 싶다. 과연 "예전에 『삼국지』를 한 번이라도 제대로 읽어보셨나요?"라고.

삼국지에는 영웅호걸들을 포함하여 전란 속에서 살다 간 숱한 사람들의 삶과 희로애락이 녹아있다. 여기에는 재미뿐만 아니라 삶의 지혜와 교훈도 듬뿍 담겨 있다. 나는 중국 드라마 〈삼국지〉와 〈사마의〉를 재미있게 보았다. 군에서 전역한 후에 다시 보니 싸움 이야기뿐만 아니라 인간드라마 요소가 더욱 새롭고 흥미진진하게 다가온다.

잘 알다시피 삼국지는 위·촉·오 세 나라의 조조·유비·손권이라는 영웅들 이야기이다. 혹자는 조조와 유비를 창업자형 오너로, 손권은 승계한 2세 오너로 표현하기도 한다. 전쟁이나 창업에서 성공한 이들에게는 공통점이 있다. 결코 인재를 소홀히 대하지 않는다. 특히 삼국지 영웅들은 중국 한나라 말 100년간 이어진 격변의 시대에 필사적으로 인재영입에 공을 들였다. '인사가 만사'라는 사실을 이미 터득한 것이다.

특히, 치세(治世)의 능신(能臣)이라는 조조는 사람을 매우 잘 썼다. 오로지 '능력' 위주였다. 유능하면 적 진영에 있는 사람이라도 자기 사람으로 만들었다. 사람의 능력과 잠재력을 정확히 파악하여 적재적소에 활용했다. 그래서 조조 밑에는 항상 다양한 인재들이 들끓었다. 눈에 잘 띄지 않던 '사마의'도 찾아내어 발탁하였기에 신출귀몰한 제갈공명의 끊임없는 공세도 물리칠 수 있었다. 인간적 매력으로 부하들을 포용하였다. 원소 군대와 싸워 이기고 나서 적진 내에서 원소에게 온 비밀편지 뭉치를 찾아냈다. 부하들이 조조에게 바치자 두말하지 않고 불 속에 던져버린다. 편지를 확인하여 반역자를 가려야 한다는 참모들의 조언을 물리치고 배신했을 부하들까지도 포용한다. 과거 행실을 묻지 말고 능력 우선으로 천하의 인재를 발굴하라는 구현령(求賢令)을 내리기도 했다.

유비는 맨손으로 시작해서 '인의'라는 무기로 부하들을 마음으로부터 복종시켰다. 인정이 넘쳤다. 시도 때도 없이 부하들 때문에 울었다. 그에게는 따뜻함이 있었다. 유비가 20살이나 어린 제갈공명을 영입할 때도 삼고초려(三顧草廬)로 정성과 예의를 다하여 천하의 인재를 자기 사람으로 만든다. 한번 인연을 맺으면 끝까지 함께 했다.

그 결과로 공명이 27세에 유비 진영에 들어가서 54세로 병사하기까지 27년을 유비와 그 아들을 위해 충성을 다했다. 유비는 장비·관우와 도원결의(桃園結義)할 때나 황제가 된 이후에도 한결같았다. 아랫사람이라 하여 구별하지 않고 동고동락하였다.

19살에 부친과 형으로부터 왕권을 승계한 손권은 대를 이은 인재들을 잘 활용했다. 인사 원칙은 '실속'이었다. 모든 의견들을 듣고 심사숙고 후 실행했다. 부하의 장점을 주로 보고 단점은 적게 보려 했다. 신하가 잘한 것은 많이 칭찬하지만, 불만스럽거나 섭섭한 것은 가슴 깊이 묻어 두었다. 모두가 손권으로부터 신뢰받는다고 믿게 했다.

우리 헌법 제10조에도 '모든 국민은 인간으로서의 존엄과 가치를 가지며 행복을 추구할 권리를 가진다.'라고 명시되어 있다. 군대에서도 부하를 존중하지 않으면 극단의 경우 월남전에서 미군 장교 230여 명이 부하들로부터 살해당한 '프래깅(Fragging)' 같은 행위도 발생한다. 능력 있는 인재를 잘 찾아내고, 그 인재를 높이고(尊) 귀중하게(重) 대할 줄 아는 따뜻한 CEO나 리더만이 세파를 잘 극복할 수 있을 것 같다. 사람을 얻는 자가 천하를 얻었던 삼국지 영웅들처럼.

이젠 '미움받을 용기'가 _____
필요한 때 _____

　오늘도 SNS에서 모임 일정 알림이 계속 뜬다. 이렇게 저렇게 얽힌 친목 모임이다. 군에서 전역하면서 더 생겼다. 전역자 모임(부대도 참 다양하다), 학교 모임(의외로 다양하다), 비상계획관 모임, 최고위 과정, 동기생, 직장, 고향 등등. 가끔 번개 모임도 더해진다. 소중한 모임들이다. 사회생활을 덜 외롭게 해주는 만남들이다. 물론 매번 참석하지는 못한다. 때로는 참석 여부로 고민 아닌 고민을 할 때도 있다.

　『미움받을 용기』의 저자 기시미 이치로는 "행복해지려면 '미움받을 용기'도 있어야 한다. 인간관계의 카드는 언제나 '내'가 쥐고 있다. 불행의 근원은 인간관계에 있다. 거꾸로 말하면 행복의 원천 또한 인간관계에 있다. 관계가 깨질까 봐 전전긍긍하며 사는 것은 타인을 위해 사는 부자연스러운 삶이다."라고 했다. 우리는 이런저런 만남들을 더욱 견고하게 하려고 모임 규칙을 만든다. 만나는 횟수도 정한다. 그 규칙을 따르려다 보면 여러 가지 갈등이 생기게 된다. 타인을 너무 의식하다 보니 상대방 입장을 배려하여 어쩔 수 없이 따라가는 경우도 있다. 별로 중요하지도 않은 남의 부탁을 차마 거절하지 못해 나의 행복한 시간을 허비하기도 한다. 형식과 체면에 매달린다. 지나고 보면 단지 스쳐 지나갈 뿐인 인연임에도 너 없으면 못 살 듯이, 너에게 모든 것을 줄듯이 착각하게 만든다.

 '인간의 모든 고민은 인간관계에서 나온다.'라고 말한 심리학자 아들러의 말에 격하게 공감한다. 관계를 잘 유지하려다 보니 현대인은 항상 바쁘다. 바쁘다는 말을 입에 달고 살면서도 거의 모든 모임에는 꼬박꼬박 참석하는 이도 있다. 외톨이가 될까 봐 두려운가 보다. 정호승 시인도 '수선화에게'라는 시에서 '울지 마라 / 외로우니까 사람이다 / 살아간다는 것은 외로움을 견디는 일이다 / 가끔은 하느님도 외로워서 눈물을 흘리신다'라고 한다.
 본래 존재 자체가 외로운 거다. 외롭다는 이유로 관계의 괴로움까지 껴안을 필요는 없다. 행복한 관계가 아니라면 내가 먼저 박차고 나가면 된다. 생각을 조금만 더 자유롭게 한다면, 더 나은 가치를 공유할 소수의 동행자만 있어도 얼마든지 행복할 수 있다. 굳이 집단이라는 프레임에 가두어둘 필요는 없을 것 같다. 인생의 계급장을 떼고 소소하지만 따뜻한 만남, 생산적이고 상생하는 만남, 마음이 맞는 이들과 만남이면 족하지 않은가. 혹 우리는 끼리끼리 문화에 젖어서 형식적이고 잦은 모임에 이미 길들여진 것은 아닐까. 마치 〈스카이캐슬〉에서 그들만의 '캐슬(城)' 만드는 재미에 푹 빠진 사람들처럼.

나 또한 누구나처럼 그동안 살아오면서 인간관계에서 오는 피곤함과 실패를 살짝 맛보았다. 인생 2막을 출발하면서 이런 만남에 대해 미움받을 각오를 했다. 일과 이후에는 직장동료들과 테니스나 탁구 같은 운동으로 대부분 저녁 시간을 즐기다보니 예전보다 몸과 마음이 훨씬 더 건강해진 것 같다. 그리고 운동에 시간을 투자하기에 저녁 시간대에 이루어지는 모임에는 참석 못하는 경우도 있다. 예전에는 모임이 있으면 당연히 참석해야 하는 줄 알았다. 누군가는 '과유불급(過猶不及)! 너무 지나쳐도 문제지만 부족해도 탈이다'라고 말할 수도 있겠다. 결코 쉽지는 않겠지만, 이젠 남의 시선이 아니라 나를 위한 삶을 우선적으로 선택하고 싶다. '미움받을 용기'가 더욱 절실하게 필요한 때다.

　이왕 변하려면 알렉산더 대왕이 인간관계처럼 복잡하게 얽혀있던 고르디우스 매듭을 단박에 끊었듯이 그렇게 해야 한다. '운명이란 전설에 의해 결정되는 것이 아니라 스스로 개척하는 것이다.'라고 결연히 외친 것처럼 말이다.

그건 님 생각이고 _____

　알바생과 사장님의 동상이몽(同床異夢) 광고에서 나오는 문구이다. 알바생이 투철한 직업정신으로 쉬지 말고 완벽하게 일해주기를 바라고, 수처작주(隨處作主, 머무르는 곳마다 주인이다)를 강조하는 사장과 달리 알바생은 친구가 오면 외출도 하고 싶고 사장이 안 보면 대충대충 해도 괜찮다고 생각한다.

　충분히 공감된다. 언제까지 어린애 취급이냐는 자녀와 갈등하는 부모 생각도 그렇다. 인격을 가진 존재가 아니라 마치 소유물 취급 당한다는 부부 생각도 그러하다. 오늘도 국회에서는 동일한 팩트(fact)를 놓고 서로 다른 입장을 각자 논리로 해석하여 강변하고 있다. 모두가 그건 님 생각이고 내 생각은 그렇지 않아. 그러니 네가 양보해야 된다는 이야기만 계속 반복하고 있다. 양보를 하게 되면 마치 굴종하는 것으로 비추어진다. 그래서 합의가 어렵다. 그러면서 말이 통하지 않는다고 서로에게 좌절한다. 왜 그런지 모르겠다고 서로 질책한다. 책임을 전가시킨다. 남을 위한 배려는 때로 자기희생과 손해도 감내해야 한다. 그래서 우리는 이런 행동을 감히 실천하는 사람을 매우 존경하고 높이 평가하게 된다.

『이제껏 너를 친구라고 생각했는데』의 저자 성유미 원장은 이기적인 사람들 공통된 특징은 자신이 이기적으로 행동하고 있음을 인식하지 못한다고 한다. 설사 안다고 해도 '다른 사람들도 다 그래'라며 합리화를 한다고 했다. 그리고 "우리는 누구나 세상의 주인공이 되고 싶어 하는 주체이듯, 상대 또한 나의 들러리가 되고 싶어 하는 주체가 아니다. 나의 소망이나 욕구만큼 누군가의 소망도 존중해야 '건강한 관계'가 만들어진다"고 한다. 우리 모두에게 적용되는 이야기다. 세상의 주인공이 되고 싶은 우리들은 남 이야기 따위는 사실 그다지 관심이 없다. 내가 하고 싶은 말만 하고 듣고 싶은 말만 들으려고 한다. 상대방에 대해 편견(偏見)도 심하다. 오만(傲慢)해진다. 오히려 나이가 들어갈수록 더 심해진다. 정도의 차이만 있을 뿐.

영화로도 널리 알려진 제인 오스틴의 『오만과 편견』이라는 소설이 있다. 오직 진정한 사랑만이 결혼의 조건이라고 믿는 여주인공(엘리자베스)은 남주인공(다아시)이 그녀의 언니가 명망 있는 가문이 아니라는 이유로 다아시 친구와의 결혼에 반대한 것을 알고, 그를 오만하고 편견에 가득 찬 속물로 여기며 떠나게 된다. 그러나 먼 훗날 뒤늦게 그것이 오히려 자신의 오만과 편견이었음을 알게 된다는 줄거리다. '편견은 내가 다른 사람을 사랑하지 못하게 하고, 오만은 다른 사람이 나를 사랑할 수 없게 만든다.'라는 명언과 함께. 이처럼 우리가 누구를 안다는 것, 사랑한다는 것조차도 상대 자체의 진실보다는 상대에게서 알아낸 일부 말과 행동의 얕은 정보만으로 자의적 해석을 하는 경향이 있다. 그것이 상대의 전체인 것처럼 착각한다. 물론 '님 생각'에도 문제가 있을 수 있다. 그러나 '내 생각'도 언제든지 문제가 있을 수 있다는 사실을 인식해야 한다. 지나온 많은 시간들 속에서 나는 얼마나 많은 오만과 편견 속에서 살아왔을까. 광활한 우주 속 티끌 같은 지구에서조차 더 좁쌀스럽게 세상을 살아가고 있는 것은 아닐까. 어리석게도 나 또한 다른 사람을 가까이하지 못하고 다른 사람이 나에게 다가오지 못하게 하고 있을 것이다. 눈에 보이는 이득만 복(福)이 아니라, 일어날 손실이 안 일어나는 것도 큰 복(福)이란 말이 있다. 서로 '그건 님 생각'이라고 바보같이 다투지 말고, 보이지 않는 님 생각도 조금 해보면 어떨까.

우리는 오늘도 많은 사람들을 만난다. 주위를 찬찬히 돌아보자. 이젠 동상이몽(同床異夢)이 아니라, 각자 '오만과 편견'을 내려놓고 이구동성(異口同聲)으로 행복을 함께 나누어보는 것은 어떨까 싶다.

화가 풀리면 _____

인생도 풀린다 _____

에스키모인들은 화가 나면 두말하지 않고 그냥 길을 걷는다고 한다. 화가 풀릴 때까지 계속 걷는다. 그러고 나서 화가 풀린 자리에 막대기를 꽂아 놓는다. 그런 다음에 다시 걸어서 돌아온다. 만약 또 화가 나는 일이 생기게 되면 그 막대기를 보러 다시 간다. 만약 이번에 막대기가 있는 곳까지 갔는데도 화가 여전히 풀리지 않는다면 '이번이 지난번보다 더 화가 났네.'라는 것을 알 수 있고, 반대로 막대기를 보지 못했는데 화가 풀리면 '이번에는 지난번보다 덜 화가 났네'라는 것을 알 수 있다고 한다.

살아가면서 이런저런 이유로 참 화를 많이 낸다. 끓는 냄비 근성으로 순간을 참지 못하고 순식간에 폭발하는 면이 있다. 그리고는 금방 후회하기도 한다. 사람마다 '역린'이 있어서 이 부분을 건드리지 않는 것이 신상에 좋다(『감정수업』 중에서)고 한다. 다행히 수십 년간 그렇게 크게 화를 내거나 감정을 주체하기 어려웠던 적은 많이 없었다. 나의 역린을 건드리지 않았나 보다. 화가 일어나는 이유가 무엇일까. 본인이 요구하는 수준에 계속해서 미치지 못할 경우, 질책을 받을 충분한 사유가 발생하는 경우, 자존심이 상하는 경우, 지나치게 무시하거나 배려를 하지 않을 경우, 예의에 심하게 벗어나는 언행, 원하는 성과를 얻지 못했을 경우 등등 수없이 많을 것이다. 크게 보면 우선 자신에게 화가 나는 경우와 타인에게 화가 나는 경우가 있을 것이다. 화가 일어나게 되면 통상적으로 화를 밖으로 표출하는 경우와 속으로 삼키는 경우가 있다. 화를 표출해 버리면 상대방도 대부분 더 세게 맞받아치기 때문에 화가 더 나게 된다. 참는다고 해결되는 것도 아니다. 참고 또 참다가 폭발하면 그것이 더 무섭다. 참으려면 차라리 끝까지 참아야 한다. 육사에 입교하면 기초군사훈련을 한 달 동안 받는데 입교식 첫날 훈련책임을 맡은 대표 상급생도가 전 신입생을 대상으로 하는 말이 전통적으로 내려오고 있다. "참아라! 참아라! 그리고 또 참아라!"이다.

즉문즉설로 유명한 법륜스님은 화가 난다고 화를 내버리는 것은 제1의 길인 쾌락에 해당하고, 무조건 참는 것은 제2의 길인 고행에 해당한다고 했다. 제3의 길인 중도의 길을 찾아야 한다고 했는데 그것은 화가 일어날 때는 우선 화가 일어나는 줄 빨리 알아차려야 한다는 것이다. 화가 계속 사라지지 않을 때는 화를 계속 지켜보아야 한다고 했다. 알아차리게 되면 화가 더 이상 커지지는 않는다고 한다. 그래서 참으려고 노력하지 말고, 화가 일어남을 알아차리고 그 알아차림을 지속하면서 저절로 사그라질 때까지 지켜보라고 하는 것이다. 그런데도 계속 화가 난다면, 상대편 입장에 서서 상대를 이해하려는 마음을 내고 기도를 해야 한다고 적시했다. 상관이 화를 잘 내는 사람일 경우는 오히려 아랫사람 입장에서는 상관을 대하기가 쉬울 수 있다. 화를 잘 내는 부분만 피해가면 되니까. 임관하면서 스스로에게 다짐한 것이 있었다. "아무리 상황이 어려워도 화를 내지 말고, 욕설을 하지 말자." 결국 선택의 문제였다. 대체로 잘 지켰다고 본다.

"우리 모두의 마음속에는 두 마리 늑대가 싸우고 있다. 한 마리는 악한 늑대이다. 그것은 분노이고, 질투이고, 탐욕이다. 거만함이고, 거짓이고, 우월감이다. 다른 한 마리는 선한 늑대이다. 그것은 친절이고, 겸허함이고, 공감이다. 기쁨이고, 평화이고, 사랑이다."
"어느 쪽 늑대가 이기는가?"
"네가 먹이를 주는 쪽이 이긴다."
이러한 내용의 미국 인디언 부족 우화가 있다.

대대장 시절에 화가 무척 난 적이 있었다. 모 중위가 사무실로 가고 있는 나에게 다가와 드릴 말씀이 있다고 했다. 개인적 요구를 무리하게 들어달라는 부탁이었는데 부대 임무를 수행해야 하는 것과 상충되는 일이었다. 이해할 수 있도록 설명을 해도 막무가내였다. 대대장으로 부임한 지 얼마 되지도 않았는데 해도 해도 너무하다는 생각이 들었다. 대대 작전보좌관이던 그 중위는 대대에서 중요한 보직이었지만 본인이 없다고 부대가 문제가 생기는 것도 아닌데 마치 자신이 매우 대단한 사람인 양, 자기만의 특혜를 원했다. 참다 참다 화가 머리끝까지 치솟았다. 그 순간 폭력을 행사할 수도 없고 치솟는 화를 다스리기에는 나의 인품이 부족했다. 나이를 먹어도 마음이 불편한 것은 여전한 법이다. 마침 주변에 주먹보다 큰 돌멩이들이 많이 보였다. 그중 하나를 집어 들고 "에잇! 김 중위, 정말 너무 하는구나! 마음대로 해!" 차마 그 중위에게는 던지지 못하고 내 발 앞에다 힘껏 내려쳤다. 그리고 사무실로 바로 들어와 버렸다. 씩씩거리면서 사무실로 들어와서는 곧 후회했었다. 그 순간을 못 참다니… 얼마 지나지 않아 그 장교는 예정되어 있던 전출을 갔다. 그로부터 한참 지난 10여 년 후 어느 날 그 장교로부터 전화가 걸려왔다. 이제는 소령으로 진급하여 대대 작전과장이라고 했다. 자기가 상급자 위치에 가서 보니까 그때 대대장이 왜 화를 내었는지 이해가 된다. 당시 도저히 용서되지 않았을 행동을 했었다고. 미안하고 고마웠다고 한다. 자기도 그런 부하와 맞닥뜨렸는지 갑자기 그때 그 생각이 나서인지는 모르지만 속으로 웃었다. 유치하게 부하 앞에서 돌멩이를 집어 던졌는데 고맙다니. 모 사단장은 전속부관 행동이 마음에 들지 않는다고 본인은 차 타고 가버리고 전속부관에게 구보로 부대까지 달려오게 한 일화도 있다. 한때 흉도 보았지만 오죽했으면 사단장이 그러했을까도 싶다.

'화가 풀리면 인생도 풀린다'는 『화』의 저자 틱낫한 스님은 그 어느 것도 화를 푸는 근본 해결책은 아니라고 말한다. 함부로 떼어낼 수 없는 신체장기처럼 화도 우리의 일부이므로 억지로 참거나 제거하려 애쓸 필요가 없다고 한다. 오히려 화를 울고 있는 아기라고 생각하고 보듬고 달래라고 충고한다. 틱낫한 스님은 화가 났을 때는 남을 탓하거나 스스로 자책하기보다는 자신의 마음을 다스리는 것이 가장 시급한 일이라 했다. 그러기 위해서는 어떠한 자극에도 감정의 동요를 받지 않고 늘 평상심을 유지하는 방법을 알아야 한다는 것이다. 화가 치미는 순간에 우리는 대개 그 원인을 타인에게 돌리기가 쉽다. 자신이 당하는 모든 고통이 다 남들 때문에 빚어진 것이라고 믿으려 한다. 그러나 자세히 들여다보면 바로 자기 안에 들어있던 화의 씨앗이 고통을 일으킨 주요 원인이라는 것을 이내 알 수 있다. 똑같은 상황에서도 전혀 화를 내지 않는 사람들이 있다. 똑같은 말을 듣고 똑같은 일을 당했어도 냉정을 잃지 않고 흥분하지 않는 사람들이 있다. 너무도 쉽게 화를 내는 사람들은 그 사람의 내면에 들어있는 화의 씨앗이 너무 크기 때문이다. 그 사람의 내면에서 화의 씨앗이 너무 커져버린 이유는 화를 보살피는 방법을 훈련하지 않았고 기회가 있을 때마다 그 씨를 알게 모르게 키워왔기 때문이다. 나를 화나게 한 사람에게 맞대응하지 않는다고 화를 감추거나 피해서는 안 된다. 내가 지금 화가 나서 고통을 당하고 있다는 사실을 타인에게 알려 줄 필요도 있다. 내가 누군가에게 몹시 화가 났을 때 화가 나지 않은 척하는 것도 현명하지 않다. 고통스럽지 않은 척해서도 안 된다. 그 사람이 나에게 소중한 사람이라면 더욱 그러하다. 내가 지금 화가 났으며 그래서 몹시 고통스러워하고 있다는 사실을 그에게 고백해야 한다. 대신에 말을 아주 차분하고 침착하게 해야 한다. 화가 났을 때는 무엇보다 자신과 대화하는 것이 중요하다. 화는 날감자와 같은 것이다. 감자는 날것 그대로 먹을 수 없다. 감자를 먹기 위해서는 냄비에 넣고 익기를 기다려야 한다. 당장 화가 났다고 감정을 주체하지 못해 괴로워하지 말고 일단 숨을 고르고 마음을 추슬러야 한다. 화가 났을 때는 내 마음을 돌보는 것이 가장 중요하다. 그리고 상황을 파악하여 무엇이 나를 화나게 했는지, 상대방이 내게 화를 내는 이유는 무엇인지 그리고 그와 내가 무엇 때문에 싸우게 되었는지 헤아려야 한다. 회사에서 퇴직하여 소위 백수가 되면 단계별로 심리변화가 찾아온다고 한다. 흥분기-불안기-분노기-안정기-해탈기 단계다. 이 과정에서도 분노기가 있다. 얼마 전까지 잘 나가던 회사원이었는데 누구도 내게 관심 가져 주지 않으니 얼마나 답답하겠는가.

오늘도 나는 화를 낼 수 있다. 화를 내지 않고 행복할 수도 있다. 화를 내거나 행복해하는 것도 나 자신이 선택하는 것이다. 틱낫한이 말했듯이, 우리는 마음을 다스리는 경비병이면서 동시에 방문객이다. 화를 내지 않고도 살아가는 데 문제없다는 사실을 잘 알고, 가능한 화를 데리고 잘 도닥거려가며 지내볼 일이다.

나만의 강점을
활용하자 _____

국회의원도 이젠 친인척 가운데 4촌 이내는 비서로 채용할 수 없다. 다른 의원실에 채용되더라도 친인척임을 사전에 고지해야 하는 신고제로 변경되었다. 현재 우리나라 청년들의 취업이 어렵기 때문에 발생한 일이다.

국회에서도 매년 입법고시와 공무원 시험 등을 통해 직원을 채용하고 있다. 수백 대 일의 경쟁일 때도 있다. 사무처 모 부서에서 1년간 계약직으로 운용할 사무직 인턴 1명을 뽑는데 무려 1,000여 명이 지원했다고 한다. 그것도 대다수 우수인력들이. 이렇게 치열하니까 면접심사 방법까지 지도하는 학원이 생길 수밖에 없다. 하긴 나도 국회비상계획관에 지원하면서 그런 과정을 거쳤다. 막상 면접심사를 한다고 하니 예행연습이 필요할 것 같았다. 물론 육사 신입생도 등을 포함한 소소한 면접관을 해보았지만 막상 심사를 받아야되는 위치에 서보니까 하나하나가 조심스러웠다. 전역 전 군에서 제공하는 직업교육기관에 가서 상담사들을 대상으로 예행연습을 해보았다. 당연히 면접심사에 도움은 되었다. 면접심사위원들 한마디 한 마디에 긴장하며 잘못된 부분을 연습해볼 수 있었으니까.

서울시 인재개발원에서 비상대비 업무를 수행하는 공무원 면접심 사관으로 몇 번 참여한 적이 있었다. 선발 대상이 서울시 혹은 예 하 구청에서 일할 비상대비 업무담당자들이기 때문에 심사관은 주 로 담당국장급 공무원과 대학교수, 현직 비상계획관 등으로 구성된 다. 선발 대상들은 대부분 군에서 전역했거나 곧 전역할 장교들이 다. 1명 선발하는데도 수십 대 1의 경쟁률이다. 전문경력관을 선발 하기 때문에 군에서 경력이 곧 사회와 연결될 수 있는 직업이다 보니 경쟁도 치열하다. 면면히 우수한 인재들이다. 우리 군 장교들 능력은 타 직업군에 비해 매우 우수하고 훌륭함을 다시 한번 알 수 있었다. 리더십을 몸소 실천했고 배웠다. 책임감도 매우 강하며 국가를 위해 헌신할 준비가 100% 되어 있는 자들이다.

최근에는 남성 중심의 비상대비 직업에 여군 출신 장교들도 지원 하고 있다. 여군의 경우는 상대적으로 더 대단한 것 같다. 이렇게 우 수한 자들 가운데서 단 한 명만을 선발해야 하기 때문에 안타까웠 다. 대부분 몇 번의 도전을 경험해본 인원들이었다. 군 생활이 20년 이 되지 않아 군인연금 대상이 아닌 지원자들은 매우 절박했다. 이 런 지원자들을 대상으로 질문하고 집단토론하는 모습을 지켜보면 서, 국가에서 유능한 자들을 제대로 잘 채용하여 많은 일자리를 만 들어 주었으면 하는 생각이 들었다. 프랑스는 군 장교 출신들을 공무원으로 70% 이상 전환한다고 들은 적이 있다. 선발방식을 바꾸는 것은 어떨까? 라는 생각도 해보았다. 지금은 심사위원 평가를 그대로 반영하여 최종 2배수 가운데 기관장이 최종결정하는 방식이다. 심사위원들에 의해 1차로 2배수를 선발하고 최종적으로 직장동료들이 선발된 2명을 대상으로 직접 면담을 통해 선발하는 방식으로 변경하는 것이다. 전문경력관으로 선발되면 통상 한 부서에서 10년 이상 함께 근무할 수도 있다. 팀원들과 미팅을 통해 그들이 최종 선발을 할 수 있도록 해주자는 것이다. 외국기업들은 오래전부터 그렇게 하고 있는 곳이 많다고 한다. 짧은 시간에 심사위원들이 서로 비슷비슷한 경력과 능력자를 놓고 1명만 선정한다는 것이 매우 어려웠다. 자칫 우수한 인재를 놓칠까 두려웠다. 군에서 장교 진급 심사위원으로 들어가서 고민하던 상황과 동일하게 예비역이 된 장교 출신들도 여전히 우수한 자원들이었다.

면접심사를 하면서 느낀 또 하나는 뉴스에서 소개하는 면접기법들은 사실 그다지 중요하지 않다는 것이다. 실력과 능력을 우선 갖추지 않고 우선 눈에 보이는 외관과 태도만 중시하려는 것은 잘못된 것이다. 외관과 면접 자세는 기본이다. 심사관이 질문하는 것에 대해 성실하게 답변하고 심사관이 "마지막으로 하고 싶은 질문이 있는가?" 하면 "제게 부족한 것을 알려주시면 보완해나가겠습니다."라는 식의 답변요령은 모두 유사하기 때문에 그다지 중요하지 않았다. 군 경력도 대부분 비슷하지만 지금 당장 요구되는 보직에서 임무 수행 가능 여부는 개인별 경험이나 준비한 정도에 따라 다소 차이가 나는 것을 알 수 있었다.

　개인별로 자기만의 강점을 잘 살릴 필요가 있다. 그러려면 우선 내가 다른 사람들보다 더 잘할 수 있는 강점이 무엇인지를 파악하고 있어야 한다. 그래서 자신의 어떤 강점으로 이 회사를 발전시켜 나갈 수 있을 것인지를 보여주어야 한다. 심지어 군에서도 지휘자는 자기의 강점을 최대한 반영하는 것이 성공하는 방법 가운데 하나라고 본다. 축구를 잘하면 부대원들과 잦은 축구 활동을 통해 단합을 도모하면 훨씬 쉽게 다가설 수 있다. 업무수행 능력과 동료들과 협력을 잘해 나갈 수 있는 인품이 더 중요하다고 느꼈다. 너무 외형적인 모습과 경력에만 과하게 집중하지 말고, 평상시부터 능력과 인품을 닦기 위한 성실한 생활자세가 더 중요하다는 이야기를 하고 싶다.

남들은 나의 자랑을 ＿＿＿＿＿＿＿＿
별로 달가워하지 않는다 ＿＿＿＿＿＿

국회 최고위 강좌 8개를 열심히 3년간 다녔더니 개근상을 주었다. 의원과 사무처 직원을 대상으로 매년 3번 정도 실시하는 강좌인데 인문학, 예술, 4차산업 등 다양하고 최신의 핫(hot)한 내용들로 구성되어 수강할 만하였다. 어쨌거나 나는 아침 일찍 출근해서 좋은 강의를 들었을 뿐인데 덤으로 상까지 받으니 기분이 좋아 몇몇 지인에게 자랑 문자를 보냈다. 아내를 포함하여 일부 지인들은 축하 응답을 보내왔다. 그런데 개중에는 사촌이 논 사면 배 아프다는 속담처럼 심기가 불편한 듯한 메시지를 보내왔다. 의외였다. 평소 국회에서 하는 대부분을 싫어하는 그였지만, 예전에는 그러지 않았는데 나이가 들수록 비판적으로 변해가는 듯했다. 나는 단지 기쁨을 공유할 생각에서 무심코 보냈는데…. 살다보니 제일 쉬운 것이 부정하는 법이다. 긍정으로 받아들이기가 그만큼 어렵다. 그동안 사회생활을 해오면서 마음을 많이 다쳤나보다. 남이 잘되면 칭찬과 격려를 해주면 좋으련만 정말 배가 아픈가보다. 어느 나라에 "좋은 일이 있으면 절대 다른 사람들에게 알리지 말라"는 격언이 있다는데, 다른 사람들이 알게 되면 괜히 시기하고 질투하니까 그럴 수도 있겠다. 딸 골프 시합과 관련해서 많은 이들이 관심을 가져준다. 만나면 성적을 물어보고 해서 밴드에 몇 번 소식을 올린 적이 있었다. 그런데 그중 은근슬쩍 불편해하는 느낌의 댓글을 접한 이후로 다시는 글을 올리지 않았다. 진심으로 응원하는 이들에게만 간간이 소식을 전했다.

독일 뮌헨대 심리학과 교수팀이 실험결과를 통해 많은 사람들이 셀카를 찍지만 다른 사람들의 셀카에는 사실상 관심이 없거나, 부정적으로 생각한다는 주장이 발표된 적이 있다. 실험대상자 약 65%가 타인 셀카에 부정적 반응을 보였고 그중에서도 자기 자랑과 같은 의도가 분명해 보이는 사진에 대해서는 거부감마저 나타냈다고 한다. 특히 이 중 82% 사람들은 소셜미디어에서 다른 사람 셀카보다는 차라리 다른 유형의 사진을 보는 것이 낫다고 답했다고 한다. 이처럼 셀카를 통해 본인이 전달하고 싶은 내적 진정성이나 일상에서 느낀 소소한 감정은 보는 사람들에게 잘 전달되지 않는다. 셀카를 자주 찍는 사람은 도리어 자기애가 강한 사람으로 간주되어 주변 사람이 거리를 둘 수 있다고 말했다. 연구팀은 이런 현상을 '셀카 패러독스 (The Selfie Paradox)'라 불렀다. 우리 자신은 셀카를 즐기지만 우습게도 타인의 셀카는 보기 싫어하는 이중적인 모습을 가지고 있다.

식구 간에도 본인 자랑이 지나치면 듣기 싫어한다. 그런데 꼭 자랑하고 싶은데 누구에게 자랑할 데가 없다는 것도 참기 어려운 일일 것이다. 골프장에서 '홀인원'을 하고 집에 왔는데 누구에게 자랑할 데가 없다면? 지옥이 따로 없을 것이다. SNS에 올려도 별로 관심 가져 주지 않는다면 어떻게 해야 하나? 기쁨과 슬픔을 공유하거나 함께 할 사람이 굳이 많을 필요는 없다. 동네방네 소문낸다고 위로가되고 기쁨이 배가 되는 것은 아니다. "우리 아기가 오늘 지금 방금 걷기 시작했어요!", "우리 아기가 '엄마'하고 처음으로 말을 했어요!" 이런 소소한 기쁨을 함께할 수 있는 단 한 사람이라도 있으면 좋다.

남의 성공과 행운에 대해서는 무조건 따뜻한 격려를 해주자. 쓸데없는 '토'를 달지 말고 축하를 해주자. 그래 정말 수고했다. 잘했네. 축하한다. 친구야! 라고. 그러나 꼭 기억하자. 일부 사람들은 자신이 아닌 남들이 자랑하는 성공과 행운에는 별로 관심 없고 어쩌면 더 배 아파하고 있을지도 모른다는 사실을.

술친구는
술 끊으면 사라지고

가끔 회사 워크숍이나 대학교 환영식에 참가했던 신입사원이나 신입생이 과음으로 숨지는 경우가 뉴스에 나온다. 술을 왜 강권하는가? 선·후배 간에 발생하는 음주로 인한 사고발생에 대해 어떤 이들은 '동상이몽'에서 비롯된다고 한다. 기존 구성원들은 별다른 생각 없이 재미로 '한잔하라'며 권유하지만, 신입 구성원들은 '강요'로 여기기 때문이라고 한다. 전문가들은 대부분 "우리는 외국에 비해 술 문화가 관대하고 술을 강요하는 일이 굉장히 흔하다. 특히 군대식 문화에 의해 신입에게 술을 강요하듯 복종을 강요한다."라고 평가한다.

나는 전역 이후로 술을 많이 자제하는 편이다. 군 생활 동안에는 술 마실 이유가 참 많았다. 상관과 선배들에 이끌려 격려를 받기 위해, 반대로 부하들을 격려해주기 위해. 훈련이 끝났다고 한잔, 시범이나 평가를 잘 마쳤다고 한잔, 전입왔다고, 전출간다고, 진급했다고, 진급에서 낙선되었다고… 군대생활 속에서 술은 삭막하고 건조하기 쉬운 분위기를 사람답게 살아가게 해주는 일종의 윤활유 같았다. 술의 삼락(三樂)과 삼금(三禁)이 있다고 한다. 삼락은 술과 안주 맛을 즐기고, 대화를 즐기며, 운치(분위기)를 즐기는 것이고 삼금은 정치이야기, 종교이야기, 돈(재산) 자랑을 하지 말라는 것이다.

간혹 술을 하지 못하는 상관이나 지휘관을 만나면 그다지 재미 없어하고 애주가를 만나면 다행이라 여기기까지도 했다. 나처럼 외관상 융통성 없어 보이는 사람들이 술까지 마시지 않으면 부하들은 다가서기를 굉장히 어려워할 수 있다. 술을 마시면 마음에 품고 하기 어려웠던 말들도 술술 나오면서 의사소통이 어느 정도 되니까 술을 더 가까이했는지 모른다. 나는 초급장교시절 술을 마셔도 별로 표시가 나지 않는 기막힌 체질과 4년간 절제된 생도생활이 있었기에 건강한 체력으로 선배장교들이 주는 술잔을 마다하지 않고 잘 버틸 수 있었다. 술에서도 지지 않으리라는 정신적인 각오로 새벽까지 마셔도 아침 일찍 이상 없이 출근하는 것을 당연하다고 여겼다. 회식이 있는 날이면 취해서 실수하지 않으려고 미리 우유를 마시거나 위벽을 보호한다는 위장약을 미리 먹어두곤 했다(효과가 있는지 여부는 알 길 없고 선배장교들이 하니까 따라 했었다).

막걸리로 시작한 술 마시는 습관이 맥주를 알고 소주를 넘어 가짜가 없다는 군대양주를 선호하게 되면서 가끔은 술 마신 다음 날이면 그 전날 마지막이 어떻게 정리되었는지 기억이 가물가물한 경우까지 생기게 되었다. 가족은 계룡에 있고 서울 국방부에서 혼자 근무하던 시절에는 마음만 먹으면 얼마든지 밤늦게까지 술을 마실 수도 있었지만 그렇게 무리하면서까지 술을 즐기는 애주가는 아니었다. 나름대로 기준이 있었다. 어떤 일이 있더라도 12시 이전에는 집에 도착한다는 것이 목표였다. 습관이 되니까 적절한 시간이면 집에 들어가게 된다. 절제하려고 많은 노력을 하였다. 하여튼 전역 전 마지막 날에도 지휘관과 함께 아쉽다고 또 한잔 당연히 하고 군대를 떠나왔다.

전역을 하고 보니 여기저기 다시 만나는 옛 전우들, 민간인 친구들. 그리고 새로운 직장에서 알게 되는 많은 이들과 또 한잔을 하게 된다. 그러던 어느 날, 술자리를 통한 유대감 형성이 과연 진실일까? 술자리를 통해 그와 내가 더 친해졌는가? 라는 질문을 스스로에게 해보았다. 그 많던 술친구들은 어디에 있는가? 그들과 나는 서로 얼마나 많은 도움을 주고 있는가? 오히려 전역하면서 다시 시작한 운동보다 술이 더 즐겁지도 유익하지도 않다고 느끼게 되었다. 운동에 집중하면서 자연스레 술과는 점점 멀어져 가고 있다. 사회나 군에서 발생하는 사고의 많은 부분이 술과 연관이 있었다. 조직 내 폭언, 폭행, 성추행 등 각종 사고들이 대부분 술자리에서 발생한다. 내가 지휘관으로 근무할 때 발생했던 간부나 병 관련 사고 대부분도 음주로 인한 사고였다.

적당한 음주는 대인관계를 부드럽게 해주는 긍정의 효과가 분명히 있다. 예전에 프랑스 사관학교를 일부 생도들과 방문하였는데 프랑스 장교들은 점심시간에도 포도주를 마시고 있었다. 2시간 동안 적색, 백색포도주와 함께 했던 프랑스 사관학교 점심시간을 지금도 잊을 수가 없다. 낮술을 몰랐던 나는 낮술이 이렇게 즐거운지 처음 알았다. 낯선 이국에서 이방인들과도 따뜻한 분위기를 조성하는데 결정적인 역할을 하는 술에 대해 감사했다. 술 마시면 다 친해지고 술 마신 이후부터는 쉽게 도움을 주고받을 수 있다면 얼마나 좋을까? 그러면 술만 잘 마시면 된다. 술 잘 마시는 사람이 일도 잘한다는 말도 있다. 맞을 수도 있고 틀릴 수도 있다. 일 잘하는 사람은 이것도 잘하고 저것도 잘할 수 있는 것이지 술 잘 마신다고 모든 것을 잘한다는 것은 아닌 듯싶다. 세상이 그렇게 호락호락하지 않다. 차라리 내가 술 마시고 싶어서(나는 부정하고 싶겠지만) 은근히 습관성 알코올 중독이 되어버려 같이 술친구를 찾는지도 모른다. 사업가도 반드시 술을 잘 마셔야 한다는 것도 맞는 말은 아니다. 술한 잔 마시지 않고도 성공적인 사업가, 고위공직자들도 많이 있다. 오히려 술은 엄청 잘 마시는데 대인관계가 원활하지 않은 사람도더러 있다.

"술 마시며 맺은 친구는 술 끊으면 없어지고, 돈으로 만든 친구는 돈 없으면 사라지고, 카스 또한 탈퇴하면 그 인연 역시 끊어진다."라는 말이 있다. 술 마신다고 친해지기보다는 술 마신 이후에도 계속 어떻게 관계를 유지하는가가 중요하다.

4장

군대 / 소통 / 열정

어언 사십 년 _____
무엇을 하였느냐 _____

"나 태어난 이 강산에 군인이 되어 꽃피고 눈 내리기 어언 삼십 년 무엇을 하였느냐 무엇을 바라느냐… 푸른 옷에 실려 간 꽃다운 이 내 청춘…." 양희은의 '늙은 군인의 노래' 가사처럼 되어버렸다. 군 생활 31년에 생도 생활 4년과 국회비상계획관(임기제 공무원, 이사관) 5년을 합하니까 어언 40년이다.

날이 갈수록 새록새록 더 뚜렷하게 떠오르는 장면들도 있다. 기억들을 하나하나 되씹어보면서 아직도 아쉬움이 남는다고 하니 누군가 그런 말을 했다. "우리 그동안 누구보다도 열심히 죽을 힘을 다해 살아오지 않았느냐"고. 그래서 당연하단다. 군 생활에 청춘이 녹아 있고 젊음이 몽땅 담겨 있다. 군인, 경찰관, 소방요원이나 공무원 등 국가의 녹을 먹는 직업은 보람차고 의미가 있다. "성공한 사람이 되려고 하지 말고 가치 있는 사람이 되려고 하라"고 했던 아인슈타인의 말처럼 매 순간순간 수행하는 직책에서 최선을 다하려 노력했다. 돌아보면 모두 의미 있고 가치 있는 순간들이었다.

포병장교로 임관했다. 위관장교 시절에는 보병장교보다 포병장교가 힘들다고 흔히 말한다. 연대에 인사권이 있는 보병부대에 비해 대대에 인사권이 있는 포병부대 특성상 포병대대 작전보좌관, 인사장교, 본부포대장, 곡사포대장… 개인 시간이 거의 없을 정도로 과중한 업무가 폭주했다. 야간 당직근무는 돌아서면 다시 돌아왔다. 한 달에 훈련, 상황근무 등으로 퇴근은 평균 1주일에서 열흘 정도만 할 수 있었다. 상급자와 선임자들 때문에 갈등하고, 군 생활에 대한 전체적인 윤곽을 알 수 없어 부족한 경험을 아쉬워했다. 앞서 걸어간 선배들이 하는 대로 따라가기 바빴다. 소위 때는 소령이 하는 작전과장 대리임무를 6개월간 했다. 처음으로 대대종합훈련 나갈 때는 어떻게 해야 할지 몰라서 다른 부대 훈련모형을 그대로 모방해서 재편집하여 준비한 적도 있었다.

그래도 대위 때부터 군 생활에 대한 만족도가 다소 높아지기 시작했다. 강원도 양구에서 3군단 포병부대 포대장을 했다. 3년 반 동안 포대장 직책을 수행하면서 부대관리의 기본적인 방법을 직접 체험하고 나니까 지휘관으로서 자신감이 생겼다. 포대장을 마치고 현무포대라는 지대지미사일부대 사격대장으로 보직되었다. 당시에는 군에서 유일한 부대로 보안상 공개하지 않았던 때였다. 마침 걸프전이 발발하여 사회적으로 우리 지대지미사일에 대한 관심이 매우 높아졌다. 많은 장성들이 부대를 방문하였다. 나는 자랑스럽게 브리핑을 하면서 자긍심을 느꼈다. 장교영어반을 수료하고 30기계화보병사단에서 포병대대 작전과장을 2년간 수행하였다. 육군대학을 졸업하고 육사 훈육관과 생도대 정작과장직을 수행했다. 육사를 졸업하고 다시 모교에서 3년 반 동안 후배양성을 위해 근무할 수 있는 보람찬 기간 이었다. 육사를 두 번 졸업한 기분이었다. 훈육관과 생도로 만났던 후배들이 지금은 연대장을 마치거나 연대장을 수행할 예정이다. 곧 장군반열에 설 정도로 시간이 많이 흘렀다.

중령으로 진급하여 전방 5사단에서 43개월 동안 대대장을 했다. 하룻밤에 1,000mm가 넘는 폭우가 쏟아져 영내에 있던 다리 두 개 가 떠내려갔다. 지자체와 군 예산으로 두 개 교각에 대대장과 주임 원사 이름을 딴 '정환교'와 '해용교'가 만들어졌다. 교주가 되어버렸 다. 대대장을 마치고 육군본부 참모총장실로 분류되었다. 야전에서 갑자기 정책부서로 들어와서 처음에는 당황스러웠지만 비서실 대외 협력장교라는 중요한 보직을 맡았다. 서울에 주로 거주하면서 청와 대, 연합사, 국방부, 합참 등 주요 부서와의 협조를 통해 육군관련 사안에 대해 총장이 참고할 정책적 제언을 하는 보직이었다. 주요 부서를 다니면서 훌륭한 선배장교들을 많이 만나보았다. 그들로부터 많이 배운 것은 물론이고 국방관련 업무들이 어디서 어떻게 정책화 되어 가는지 현장에서 이해했다. 소중한 경험이었다. 이후에 육군본 부 기획관리참모부에서 포병전력기획 업무를 맡았다. 나에게 부여된 기획직능에 부합하는 최적의 보직이었다. 포병전력 전반에 대한 미 래 발전방향을 작성하여 총장에게 보고한 적도 있었다. 지금도 사업 이 진행되고 있는 K55 자주포 성능개량 소요제기 실무자였다. 전력 참모부 총괄장교를 맡으면서 포병뿐만 아니라 육군 전 병과 주요 현안에 대해 관심을 가질 기회도 있었다. 대령으로 진급하면서 국회협력관으로 파견근무를 했다. 행정부가 아닌 입법부 국회에서 근무를 해보니까 이곳은 완전 다른 세상이었다. 국회업무 프로세스를 이해하게 되었다. 1년간 경험을 마치고 철원에서 포병연대장을 했다. 이어서 국방부 획득체계개선단 전력정책팀장으로 근무했다. 육군본부 전력분야에서 근무는 하였지만 방위력분야 전체를 잘 이해는 못 했었다. 국방 전력분야 시스템 전반에 대해 배울 수 있는 좋은 기회였다. 이어서 국방부 전력계획과장업무를 2년간 수행했다. 육. 해. 공군 무기 사업 전반에 대한 업무를 다루었다. 국방중기계획을 작성하여 대통령 결재를 받는 것도 주요 업무 가운데 하나였다. 국방과학연구소, 기품원, 방산업체 등 방산분야에 대해 총체적으로 이해를 할 수 있는 좋은 기회였다. 행정부처 업무에 대해 잘 이해할 수 있었다. 군대에서는 상관 지시가 곧 법으로 믿고 따랐는데 행정부에서는 관련법령이 더 중요하고 우선된다는 사실도 알게 되었다.

동기생들은 하나둘 장군으로 진급하여 상위 직책으로 나아갔다. 국회 육군협력관으로 재보직이 되었다. 한번 경험했던 보직이라 후배들이 맡는 것이 좋겠다는 의견을 제기하였으나, 유경험자가 해야 한다는 총장 지침으로 심의를 한 후 재선발되었다. 2년간 근무하고 21사단으로 분류되었다. 최전방 21사단 지역은 대위 때 포대장을 했던 곳으로 언젠가는 꼭 다시 근무하고 싶었다. 위관시절 정신없이 보냈기에 그랬다. 작전부사단장으로 근무하면서 포병장교라 경험하지 못했던 철책순찰과 GP, GOP 동숙을 자진하여 원 없이 했다. 그해

10월 장군진급자 명단에 이름 없음을 확인하고 다음 날 바로 전역지원서를 쓰고 군에서 물러났다. 2년이라는 정년이 아직 남았지만 군에서 할 바를 다했다는 느낌이 들었다. 물러서야 할 때 물러설 줄도 알아야 한다고 생각했다. 포기는 실패의 동어의가 아니기 때문에 가다가 멈출 줄 아는 게 더 큰 용기라고 했던가. 장군 진급이 되지 못한 아쉬움은 있었다. 대령계급으로 할 수 있는 한계가 있기에 누구나 장군진급을 하고 싶어 한다. 그 아쉬움은 전역과 동시에 국회 비상계획관으로 선발되는 과정을 통해 대부분 해소되었다. 아쉬움 못지않게 주어진 직책에서 최선을 다하고 성실하게 살아왔으면 된다. 지나온 군 생활을 통해 너무나 많이 성장했고 버팀목이 되어준 군에 항상 감사하게 생각한다. 육군 국회협력관이라는 직책을 두 번 경험한 덕택에 운 좋게도 입법부 공무원까지 해볼 기회까지 주어졌다. 돌아보면 아무리 힘들게 여겼던 일들도 시간이 지나니까 모두 다 지나가더라. "끝은 항상 있는 법"이라는 평범한 진리를 다시 떠올리게 된다.

얼마 전 대부분 군복 입고 찍은 여러 권의 사진첩들을 정리했다. 아내는 사진첩에서 애지중지 사진 한 장 한 장씩 떼어내기 위해 드라이기로 말리고 있었다. 그동안 오랜 시간을 소중하게 간직하고 있었던 사진첩 속의 바랜 사진들을 보다가 이젠 이런 사진 속 의미마저 퇴색되는 것을 느꼈다. 이미 먼저 이 세상을 떠난 전우 모습도 보인다. 함께 어울렸지만 지금은 왕래가 없는 친구 모습도 보이고, 결국 추억은 한때 경험을 공유한 그 자체로 그냥 아름다운 것임을 알았다. 사진 몇 장만 정리하고 모두 버렸다. 기억 속 깊숙한 곳에만 고이 간직하련다. 미국 대통령이 "퇴역군인은 미국의 자존심"이라고 했던 것처럼 퇴역군인인 나도 대한민국의 자존심으로 그냥 남고 싶다.

인생은 한 편의 영화와 _____
한 권의 책으로부터 _____

어머니는 유독 영화를 좋아하셨다. 흑백 TV도 제대로 없던 그 시절 대부분 어른들의 크나큰 낙이었는지 모르겠다. 영화를 보기 위해 30분 이상 거리를 걸어서 어린 동생은 업고 나의 손을 잡고 이웃집 아주머니와 도란도란 정담을 나누면서 양산을 쓰고 극장으로 향하던 기억들은 항상 즐거웠다. 나도 덩달아 영화 보러 가는 것을 지금도 좋아한다.

초등학교 시절 어느 날. 사촌 동생들과 버스를 기다리다가 시간이 한참 남는 바람에 터미널 부근 극장에서 우연히 영화를 보았다. 〈육군사관학교〉라는 영화였다. 박노식, 윤정희, 신일룡 배우가 주연인데 매우 폼나 보이는 영화였다. 규율이 엄격한 사관학교 생활을 잘 견디는 생도와 여자 때문에 학교 규정을 위반한 생도, 견디지 못해 자살하는 생도의 모습을 그렸다. 결론은 나름대로 어려움을 잘 극복한 생도가 결혼도 하고 행복하게 살면서 나라와 민족을 위해 충성을 한다는 스토리였다. 어린 마음에 영화를 본 소감은 현실의 나와는 너무나 거리가 멀었고 육군사관학교라는 곳이 덜컥 겁이 나기까지 하였다. 저렇게 힘들게 견디어 내야 하는 것도 그렇고 영화처럼 승마도 하고 활도 쏘는 화랑 같은 생활이 멋있어 보였지만 참 힘들 것 같다는 생각이 들었다. 그렇지만 마냥 부러웠던 것은 사실이었다. 그 운명 같은 영화가 내 인생의 단초가 될 줄이야. 고등학교 2학년이 되어 진로를 선택할 때 덜컥 육군사관학교를 지원하게 되었다. 국립대 국문학과를 꿈꾸었는데 도서관에서 우연히 이런저런 책을 찾다가 '육군사관학교 30년사'를 보게 되었다. 책을 모두 읽어본 후 나는 '아!' 하고 느꼈다. 내가 바로 찾던 이상적인 젊음의 수련도장이라고 생각하였다. 80년대 당시 대학에 만연하던 데모와 시위 같은 혼란스러운 사태를 피하고 싶었는지도 모른다. 푸른 청춘 혈기로 국가를 위해 무엇인가 기여할 수 있는 방법을 생각했던 것 같다. 그 한 권의 책을 보던 내내 그 옛날 보았던 한 편의 영화도 기억 속으로 다시 소환했었다. 이렇게 한 권의 책과 한 편의 영화가 나로 하여금 군으로 안내하는 역할을 했다. 지나온 시간들을 돌이켜 보면 어느 때 인생의 모퉁이에서 우연히 만나게 되는 사람, 물건, 책, 영화 등 시절인연도 참으로 소중하다는 생각이 든다. 우리가 먼 훗날 돌아보면 지금의 나를 이끌어 오기까지 인생의 복선과 암시를 보여주는 사례들이 더러 있다. 미처 우리가 눈치채지 못할 뿐이지. 나와 잘 어울리는 인연들이 있다. 그 인연은 사람이든 사물이든 자연이든 소중한 것이다.

　군 생활 간에도 누구를 만나는가가 매우 중요하다. 특히 초급장교 시절에는 인접부대나 같은 부대에서 제대로 잘 이끌어줄 수 있는 좋은 선배와 동료들을 만나는 것은 큰 행운이다. 공직사회도 마찬가지다. 첫 단추를 잘 끼워야 제대로 된 방향으로 나아갈 수 있기 때문이다. 결국 나를 알아주고 믿어줄 수 있는 이들과 생사고락을 함께 했던 사람들이 평생 나의 절대적인 팬이고 후원자들이다. 항상 믿고 의지할 수 있는 관계를 맺어주는 것이 바로 한순간의 만남이다. 서로 잘 만나야 되고 그 관계를 서로 잘 유지해야 한다. 아무리 미워도 서로 원한을 가지면 안 된다. 지금 당장은 악연이라도 시간이 지나면 또 어쩔 수 없이 만나게 되는 인연도 있고, 지금은 서로 안 보면 죽을 정도로 연민을 가지고 있어도 어느 순간 마음이 변해 떠날 수 있는 것이 인간이다. 사람들 생각은 서로 엇비슷하고 큰 틀에서는 벗어나지 않는다. 영화에서도 비슷하게 공감하기 때문에 천만 관객도 나오는 것이다.

우연한 한 번의 만남이 한 사람의 평생을 좌우할 수 있는 단초가 될 수도 있기에 매순간 소홀하지 말고 주변에 있는 작은 시절인연이라도 한 번씩 찬찬히 돌아볼 일이다.

진급 지상주의에서 벗어나자

군대에서 진급 발표하는 날이면 국립묘지까지 들썩거린다는 말이 있다. 진급은 군대에서는 초미의 관심사다. 진급자보다 비선된 자들이 더 많으니까 사실은 마음 아픈 이들이 더 많다.

제2차 세계대전에서 독일군에 패배한 프랑스 장교들의 진급 경쟁에 대해 '중위 때는 벗, 대위 때는 동기, 소령 때는 동료, 대령 때는 경쟁자, 장군 때는 적'이라고 프랑스 역사학자 마르크 블로크는 『이상한 패배』에서 말했다고 한다. 나라와 시기는 달라도 진급문화는 크게 다르지 않은 듯하다. 국방부에서 30여 년을 근무하고 퇴직한 김광우 기획조정실장이 쓴 『국방을 보면 대한민국이 보인다』에서 우리 군의 조직문화를 한마디로 '진급 지상주의'라고 했다. '우리 군의 장교들은 진급에 목숨을 걸고 있다. 계급이 하나라도 높아야 조직 내에서 말빨도 먹히고, 권한도 많아지고 정년도 연장되고 봉급도 많이 받고, 집안에 체면을 차릴 수 있다. 심지어 계급 높은 사람은 낮은 장교보다 애국심도 많을 걸로 간주하는 경우도 있다. 우리사회에서 성공한 직업군인을 평가하는 잣대는 "어디까지 진급했나"이다. 더 높이 진급한 사람은 그렇지 않은 경우보다 더 성공한 걸로 간주하는 것이 사회 분위기다. 진급에서 탈락하면 진급한 동기생보다 군대를 빨리 떠나야 하고, 조직 내 대우도 낮을 뿐만 아니라 계급 높은 사람들을 이길 수 없고 가족들에게 스스로 죄인인 양 미안해한다. … 군에서 진급에 목숨 걸지 않는 것이 더 이상할 정도다. 이런 문화는 우리 정부 조직이나 사기업에도 공통적으로 찾아볼 수 있다. 그러나 군대는 그 정도가 더 심하다는 것에 문제가 있다. … 진급지상주의 아래에서는 모든 장교들이 피해자다. 소위로 임관하여 진급에서 탈락하지 않은 사람은 대장까지 올라간 경우뿐이다.'

나는 진급에 목숨을 걸지 않았기 때문에 장군진급이 안되었나? 그럴지도 모르겠다. 하여튼 많은 인원이 선발되면 좋겠지만 진급 공석에는 제한적일 수밖에 없다. 장군은 분명 가문의 영광이다. 대단히 명예로운 계급임에는 분명하나, 진급에서 탈락한 장교나 부사관도 군인이면 누구나 존경을 받는 문화가 되면 좋겠다. 준장으로 진급한 이들도 다음 상위 계급으로 진급이 되지 않으면 똑같은 실망을 안고 전역하게 된다. 지독한 경쟁 사회에서 볼 수 있는 일이다. 심지어 세상 사람들이 모두 부러워하는 대장 진급한 이들 가운데서도 원하는 보직을 못하고 전역하는 경우에는 크게 낙담하기도 한다. 끝없는 경쟁의 수직적 위계 속에서는 언제나 누군가 '내 위에' 있다고 느낀다고 한다. 열등감이 없는 사람을 찾아보기 어려운 이유이다.

수십 년간 당당하게 군 생활을 해왔다면 본인도 만족하고 우리 사회도 인정해주는 분위기가 되어야 한다. 군에 봉사한다는 자세를 넘어서 계급의 크기로 평가되어서는 안 된다. 충성, 명예, 봉사, 만족, 감사, 헌신 등에 더 높은 가치를 두면 좋겠다. 군에서는 진급결과를 발표할 때 진급자 명단을 발표하고 이들이 선발된 이유에 대해 친절하게도 홍보자료를 배포하고 설명을 한다. "금번 인사는 … 국가관과 안보관이 투철하고 … 능력과 전문성, 인품과 차기 활용성을 고려하여 국방개혁을 선도해 나갈 인재를 엄선하였음 … 군사대비태세와 전투력 발전에 진력한 자, 군 본연의 임무에 묵묵히 정진함으로써, 선후배, 동료들로부터 신망이 두터운 인원을 우선적으로 발탁하였음." (2018년 후반기 장성급 진급인사 홍보문에서) 자칫 진급에서 비선된 자들은 군생활을 열심히 하지 않은 것으로 비추어질 수도 있다. 이들 가운데는 아쉽게도 병과별, 직능별, 부대별 등 안배나 공석이 제한되어 선발되지 못한 경우도 많다. 국방부, 국회 등 행정부나 입법부에서 승진 명단을 발표할 때는 승진자 이름만 인사명령으로 공개한다. 더 이상 가타부타 설명이 없다.

진급결과를 받아들이는 문화도 조성해야 한다. 진급자에게는 아낌없는 축하와 박수를, 비선자에게는 진정어린 위로와 격려를 서로 나누어야 한다. 비선자들이 자랑스럽게 몸담았던 군을 떠나면서 패배자 모습으로 나가게 하면 안 된다. 국가를 위해 최선을 다했으면 그 자체로 존중받아야 한다. 심사숙고하여 선발한 장교들이 전역할 때는 제대로 눈길조차 주지 않는다면 그것도 개선해야 한다. 이제 우리도 진급 지상주의에서 과감하게 벗어나는 문화를 만들어야 한다. 나도 이젠 더 이상 가물가물한 후배들 장군 진급명단에만 기웃기웃거리지 않을 거다.

갑돌이와
갑순이

　갑돌이와 갑순이는 왜 서로 결혼을 못 했을까. 커뮤니케이션이 제대로 이뤄지지 않아서 그런 것은 아닐까. 서로 상대방에게 마음만 있었지 속내를 보여주지 않았기 때문이다. 갑순이는 갑돌이가 먼저 프러포즈를 하지 않았기에 딴 남자에게 시집을 가버리고, 이에 질세라 갑돌이도 장가를 갔지만 첫날밤 서로를 그리워하며 한없이 울었다는 이야기다.

　커뮤니케이션이 제대로 이뤄지기 위해서는 우선 서로 인식과 경험의 차이를 인정해야 한다. 갑순이는 갑돌이가 굉장히 내성적이고 숫기가 없는 남자라는 것을 미리 알아차리고 먼저 프러포즈를 했어야 했다. 갑돌이도 갑순이가 여자이기에 먼저 말을 못 하고 있다는 사실을 눈치챘어야 했다. 영화 〈블랙팬서〉에서도 "현명한 자는 다리를 놓고 어리석은 자는 벽을 쌓는다."라는 말이 나온다. 소통을 가로막는 벽을 무너뜨려야 한다.

촉나라 장수이며 제갈량이 가장 아끼던 마속이 제갈량의 의도를 제대로 읽지 않고, 지시한 대로 하지 않으면서 임의 지형으로 병력을 인솔하는 독단적인 행동을 하다가 사마의에게 크게 참패한 것도 사실 제대로 커뮤니케이션이 되지 않았기 때문이다. 부대 지휘에도 이러한 현상이 비일비재하다. 상급자가 직접적이고 구체적인 지시를 했음에도 자기 방식대로만 이해하고 해석하여 임의로 행동하는 경우이다.

간혹 예하 부대 순찰 간 지시한 내용이 제대로 전파되었는지 확인해보면 전혀 다른 방향으로 가고 있다. 지시가 분명하지 못했거나 수명자가 지휘관의 정확한 의도를 읽지 못했기 때문이다.

그러나 가끔 상대방과 충분한 커뮤니케이션이 없었음에도 일이 잘 진행되는 경우도 있다. 제1차 세계대전 탄넨베르크 전투에서 독일 8군사령관 힌덴부르크가 부임지에 도착했을 때 전 지휘관 참모였던 호프만 중령은 이미 힌덴부르크의 생각과 똑같이 일치하는 작전계획을 수립하여 우선 조치를 해놓았던 것이다. 휴대전화도 없던 시절이었는데 말이다. 서로 생각이 일치했기 때문이다.

생도 시절에 성철 큰스님을 만나려고 3,000배를 한 경험이 있다. 그때 스님께서 이심전심(以心傳心)에 대해 쉽게 말씀해주셨다. "너희들 고등학교 시절에 남녀 고등학생이 서로 마주 보고만 있어도 비록 말은 하지 않지만 눈빛만으로도 통하지 않느냐. 그것이 이심전심이다."라고. 이처럼 커뮤니케이션의 이상적인 단계는 말이 오가지 않아도 서로 통하는 상태가 아닌가 싶다.

소대장과 중대장은 병사들과 눈빛이 마주치거나 심지어 뒷모습만 봐도 지금 무엇을 갈망하고 있는지 읽을 수 있어야 한다. 그렇게 되기 위해서는 그들과 부단히 접촉을 유지해야 한다. 과거에는 불문율처럼 나름대로 권위의 기준이 정해져 있었다. 이제는 변했다. 내가 필요한 정보를 찾아가는 디지털 시대에는 고객(부하)이 사무실로 간부를 찾아가는 것이 아니라, 고객이 원하는 장소에 간부가 달려가 문제를 해결하는 시대로 바뀐 것이다.

이제 우리는 서로 진심을 제대로 나누지 못했던 갑돌이와 갑순이의 눈물을 교훈 삼아야 한다. 21세기 리더가 반드시 구비해야 할 요소에 '커뮤니케이션 능력'이 포함된다고 한다. 부하들과 진정 말이 통하고 더 나아가 말을 하지 않아도 생각이 일치하는 이심전심의 수준이 될 때까지 간부가 먼저 달려가 문제를 해결하도록 노력해야 할 것이다.*

---

* 2008.5.6. 국방일보
  지금도 우리 병영에는 갑돌이와 갑순이처럼 되지 않기 위해서 더 많은 의사소통이 필요하다.

부부 같은
장교와 부사관

군에서 간부라고 하면 장교(준사관 포함)와 부사관을 호칭한다. 요즈음은 하사 이상을 군의 간부라고 통상 호칭하고 있다. 장교는 주로 작전과 부대 운영에 대한 책임을 지는 반면, 부사관은 이를 지원하는 업무를 맡는다. 우리 군대는 미군과 달리 장교와 부사관의 업무영역이나 책임분야가 명확하게 구분되어 있지 않다. 모든 것은 지휘관인 장교에게 거의 전적으로 책임이 부여되어 있다. 예를 들면 미군은 부대 지휘관 이취임식 행사를 그 부대 부사관 중심으로 진행한다. 2~3년 주기로 전출을 가야 하는 장교들보다 한 부대에서 오랫동안 근무하는 부사관들이 부대 주인이라는 의식이 더 강하다고 보아야 할 것이다. 한국군은 이취임식을 포함한 모든 행사를 장교들이 계획하고 진행한다. 주임원사는 단지 이취임식장에서 부대기 인수인계에 상징적인 대표로 참석할 뿐이다. 부사관들은 부대마다 선임자인 부대주임원사 통제하에 일사불란하게 잘 움직인다. 한 부대에 오랫동안 근무하기 위해서는 서로 깊은 신뢰를 쌓아야 하고 절대적인 복종 관계가 유지되어야 한다는 것을 잘 알기 때문에 단합도 잘된다. 일부 부사관이 문제를 일으키거나 잘못되면 철저하게 응징을 하거나 원만하게 문제를 잘 해결한다. 제대별 주임원사 역할은 중요하며 지휘관들은 인품과 능력 측면에서 충분히 리더다운 면모를 고려하여 선발하고 전폭적으로 신뢰한다.

내가 그간 군 생활을 통해 보았던 한국군 부사관들은 매우 현명하고 직분에 충실하며 성실하게 대부분 살아가고 있다. 전방 골짝 어느 곳이든 현직에서 묵묵하게 근무하고 있다. 모든 궂은일도 싫어하는 법 없이 도맡아서 한다. 아래로는 병사들을 북돋아가면서 위로는 상사인 장교들에게 충성스런 행동을 하는 모범적인 사람들이다. 이런 영향 때문인지 부사관 자녀들 대부분은 이동이 잦은 장교들 자녀에 비해 농어촌 혜택을 떠나 좋은 대학에 진학한다. 모사단장은 변변치 않은 대학에 다니는 자녀에 대한 걱정이 한시름인데 반해 주임원사 자녀가 명문대학에 다니는 것을 그렇게 부러워했다는 이야기도 들었다. 초급장교 시절 부대에 첫 부임을 하게 되면 가장 어려운 관계가 부사관들이다. 연령은 많지만 직급은 아래에 있는 형님, 삼촌뻘인 부사관들에게 언행을 어떻게 해야 하나. 선배의 조언대로 상호 존칭어를 쓰기로 했다. 먼저 인사를 했다. 군대인사는 경례로 표현하니까 먼저 거수경례를 했다. 민간인처럼 고개를 숙일 수는 없으니까. 사관생도처럼 빡빡하지는 않지만 반갑게 거수경례를 했다. 소위였던 나는 하사든 상사든 먼저 했다. "안녕하십니까?" 저 멀리서 보여도 멀리서 먼저 인사를 했다. 한두 달이 지나자 주임원사가 부사관 회의에서 지시를 했다고 한다. "곽 소위에게 먼저 인사

해라. 꼭 소위보다 늦게 인사하는 부사관은 나한테 혼난다."라고. 그래서인지 우리는 누구든 먼저 보면 먼저 인사했다. 이런 생활 자체가 몇 년 지나다보니 습관이 되었다. 나는 장교든 부사관이든 누구나 보이면 거수경례하는 오른팔이 자동으로 올라갔다. 사람은 스스로를 인정해주고 존중하게 되면 불필요한 문제가 발생하지 않는다. 돌아보면 군 생활 내내 부사관들과는 어떠한 트러블도 없이 잘 지낸 것 같다. 그들로부터 많은 도움을 받았다. 장교들은 부대에 헌신적으로 봉사하는 그들의 복지를 위해 노력해야 한다. 부대에 대한 애정으로 그들은 이 순간에도 휴일이나 밤이나, 지휘관이 알아주든 몰라주든 부대순찰을 돌고 안정된 부대를 위해 헌신하고 있다.

요즈음 부사관들은 예전과 달리 자신의 능력계발을 위해 노력도 많이 하고 지자체의 다양한 행사에도 지역주민으로서 적극적인 동참을 하고 있다. 장교들보다 오히려 더 적극적이고 활동적인 면이 있다. 학업이나 자격증 획득, 테니스 동아리 활동 등 다양한 지역 문화 행사에도 가족과 함께 즐겁게 생활하는 부사관을 많이 목격했다. 그런 활동이 민군 간 교류나 부대활동에도 많은 도움이 되고 있다.

간혹 부사관과 장교 간에 마찰이 있는 경우가 있다. 그런 갈등은 어느 누군가 독선적이고 서로 협력적이지 않을 경우에 발생한다. 장교와 부사관은 영역은 서로 달라도 한 곳을 쳐다보며 살아가는 부부와 같다. 서로 배려하고 이해를 해주어야 한다. 한쪽이 욕심을 부리면 뒤틀리게 되어 있다. 우리 한국군도 이제는 어떤 책임영역은 과감하게 부사관에게 위임할 필요가 있다. 부사관들이 책임지고 그 분야를 이행할 수 있도록 해야 한다.

나는 소령 때 워싱턴주에 있는 미1군단에 가서 지휘소훈련에 참가한 적이 있었다. 대형 천막으로 군단사령부를 설치하여 훈련하고 있었는데 훈련 중 갑자기 누군가 호각을 삑~ 불었다. 모든 부사관들이 그 호각을 분 주인공을 주목했다. 놀라서 돌아보니 주임원사가 부서별 부사관들에게 전달사항을 하달하는 중이었다. 부서별로 부사관들이 해야 할 업무 지시를 했다. 주임원사 지시가 곧바로 일사천리로 전파되는 것을 목격했다. 아주 심플한데도 효과적이었다. 이런 과정을 보고 영향을 받았던 나도 대대장, 연대장으로 있을 때 교육훈련 평가에 대해서는 부사관들이 주도적으로 하게끔 임무를 부여했다. 병 진급 측정은 당연히 주임원사가 계획하여 평가까지 책임지도록 했다. 주특기 경연대회는 장교가 계획하되 대부분을 부사관들이 책임지도록 하였다. 그들은 임무를 잘 수행하였다. 단합도 잘했다. 군 생활하는 내내 항상 그들에게 감사한 마음이었고 지금도 그러하다. 너무나 고마운 마음에 대대장으로 있을 때는 인사계들과 주임원사 가족들 모두 동해안으로 단체 휴가를 가게 하였다. 처음에는 부대업무 때문에 망설였지만 마음 놓고 다녀오게 하였더니 매우 만족스런 시간을 보내고 왔다. 연대장으로 있을 때는 대대와 연대 주임원사 가족들 모두 제주도로 단체 휴가를 보내 주었다. 그들역시 즐거운 시간을 보내고 왔고 이후부터 여행을 지속적으로 가기위한 비용을 모으기로 정했다고 한다. 그들과 함께 부대 운영을 해

나가면서 갈등을 풀어나간다면 해결하지 못할 어떠한 어려움도 없을 것이라고 생각한다. 장교와 부사관은 숭고한 사명을 띠고 공동목표를 향해 가는 아름다운 친구 같고, 부부 같은 존재이다.

어리버리하게 시작한 _____

결혼생활 _____

    '내 생명 조국을 위해'라는 강한 신념을 가진 군인과 결혼한다는 것은 일반인 눈으로 보면 다소 재미없을 수도 있다. 이곳저곳 이사를 자주 다녀야 하는 군인 아내가 된다는 사실 자체로도 부담스러울 수 있다. 육사 동기생들은 대부분 중대장 직책을 수행하기 전이나 하고 있는 동안에 결혼했다. 중대장이 끝난 시점에 나는 결혼하지 않은 소수 동기생 그룹에 포함되어 있었다. 80~90년 당시는 대부분 남자들은 20대 후반이면 결혼하는 분위기였다. 강원도 양구에서 다소 후방지역인 경기도 광주에 있는 부대로 전출을 온 나는 결혼을 우선 해야겠다는 생각을 했다. 고모로부터 소개받은 아내와 31살에 결혼했다. 겨우 3번째 만남에서 양가의 심한 독촉 속에 얼떨결에 제대로 손 한번 잡아보지 않고, 키스도 한번 해보지 않은 상태에서 그냥 상대방을 서로 믿고 결혼식을 올렸다. 마치 옛날에 신랑 신부 얼굴도 제대로 모르는 채 가마 타고 시집오는 것처럼. 결혼식 피로연에서 처음으로 주변 동료들의 얄궂은 요청에 의해 원샷을 하면서 어정쩡한 첫 키스를 서로 나누었다. 어리버리한 우리는 그렇게 결혼생활을 시작했다.

　뇌 과학자인 피셔(Fisher) 박사는 만난 지 2년 이내에 결혼을 결정하는 것은 동전 던지기와 비슷하다고 했다. 사랑에 빠지고 눈에 콩깍지가 씌어 있을 때는 뇌가 제 기능을 하지 못하기 때문에 동전을 던져 결정하는 것과 별 차이가 없다고 표현했다. 사랑의 도파민이 뿜어져 나오는 것이 보통 18개월에서 최장 30개월 정도이기 때문에 2년 정도 지나면 도파민이 거의 끝나가는 시점이다. 도파민이 나오는 기간 동안 호르몬이 아닌 다른 정(情)이라는 끈끈한 무언가가 쌓이지 않으면 헤어질 수도 있다는 것이다. 적어도 2년 이상 사귀어보아야 서로에 대한 '심리적 안정감'이 생긴다고 한다. 이혼 전문 변호사인 이인철 변호사는 교제기간이 2년 미만이면 결혼 이후에 서로에 대해 너무 몰랐다는 것을 깨달아서 갈라서는 경우가 많다고 한다. 우리 부부는 상대를 제대로 알지도 못하고 정보도 아닌 첩보수준으로 그야말로 상대만 믿고서 결혼을 감행했다. 이 어찌 무모한 도전이 아니겠는가. 멋있는 연애를 하고 멋진 결혼을 꿈꾸었던 나로서는 운명의 흐름을 믿고 자신을 방치한 듯하였다. 과연 잘하는 행동일까. 당시에는 피곤한 야전생활 탓인지 스스로 자신감이 넘쳐서인지 어떤 여인을 만나도 그 환경에 잘 맞추어서 살아갈 수 있겠다는 무모함이 도를 넘었다. 주변에 둘러보니 아무리 예쁘고 멋진 여자랑 연애를 오랫동안 했던 커플도 불과 몇 년 만에 헤어지는 경우를 목격해서 그런가. 당시에는 단지 심성이 착하고 내게 잘 협조해주면 만족한다고 생각했다. 크게 어떤 조건을 고려치 않았다.

당시 신혼여행은 해외여행이 허용되지 않은 때라 제주도로 갔었
다. 그런데 아뿔싸! 아니나 다를까. 엄청 더운 8월 한더위 속에서 3
박 4일 동안에 갈등이 생기기 시작했다. 내가 결혼을 잘못했구나.
앞으로 어떻게 살아가야 하나. 사소한 의사결정에도 서로 의견일치
가 되지 않았다. 처음부터 협조체계가 군대처럼 쉽지 않았다. 식당
메뉴 선정에서부터 하루 일정 스케줄까지. 낭패였다. 나는 오기도 힘
든 제주도 관광부터 하고 싶었다. 반면에 신부는 날씨가 너무 덥다
고 그냥 쉬자고 했다. 말다툼도 싫었다. 웃음도 많고 긍정적이고 활
발하다는 첩보수준에서 알았던 신부 심성은 도저히 받아들이기가
어려웠다. 급기야 마지막 날에는 신부에게 편지를 남기고 호텔 밖으
로 나가버리고 말았다. 막막했다. 한참을 혼자서 있다가 복귀했다.
신부는 아무 말이 없었다. 그럭저럭 신혼여행도 다녀오고 산속에 있
는 군인관사에서 생활했다. 때때로 아웅다웅하다가 휴일이 되면 아
무 일이 없는 듯 교회에 함께 나가고, 그러다가 덜컥 임신이 되고
말았다. 입덧은 갈수록 심해져서 신부는 밥도 제대로 먹지 못했다.
1991년 12월 24일 그날 아침에도 입덧으로 밥도 먹지 못하는 신부
를 남겨놓고 출근할 수밖에 없었다. 어떻게 해야 할지 몰랐다. 사무
실에서 곰곰 생각을 해보았다. 입장을 바꿔보았다. 대학교를 졸업하
고 갑자기 결혼이라는 환경에 갇혀 이름 모를 산속에서 낯선 이들과
유배 아닌 유배같은 생활을 하면서 한 남자의 퇴근만 기다리고 있다
니! 주변에 동료 장교가족들은 거의 없고 나이 많은 부사관, 준사관
가족들만 그득한 곳에서. 소통할 친구나 친지도 없다는 현실에 갑자
기 애잔한 마음이 들었다. 퇴근길에 케이크와 빵모자 하나를 크리

스마스 선물로 사들고 들어갔다. 신부는 여전히 입덧으로 하루 종일 제대로 아무것도 먹지 못하고 누워있었다.

"대화를 좀 해보자." 물론 그 이전에도 서로 대화는 많이 했었지만 다시 한번 마음을 터놓고 이야기를 해보자고 했다. 부대에서 부대원들 애로사항은 적극적으로 해결해주면서 진정 내 아내에게는 다소 무심하지 않은가 하는 책임감도 느껴지기 시작하던 차였다. 무엇이 불만이고 어떻게 서로 해주기를 바라는지를 말해보자고 했다. 비로소 마음을 여는 신부 이야기는 단순했다. 아직은 어색하다고. 자기도 잘하고 싶은데 막상 내가 퇴근하고 나면 자기 뜻대로 잘 안된다고. 미안하다고. 나도 미안하다고. 내 입장에서만 생각하고 행동한 것 같다고. 서로 화해를 하고나니 갑자기 그동안 눈앞에 놓여있던 높고도 커다란 장벽이 허물어지는 것 같았다. 그때부터 현재까지 우리는 크게 말다툼 없이 지내왔다. 신부는 다시 웃음을 찾았고 처가 식구들도 안심하였다. 나도 신부 성격이 해맑음을 확인할 수 있었음에 안도하였다. 그때가 결혼한 지 100일이 지났을 무렵이다. 우리는 서로가 서로에게 서툴렀다. 무릇 사람은 서로에게 적응하는데 적어도 100일 정도는 소요되는 듯하다. 곰이 사람으로 환생하는 우리 전통설화에도 100일이란 시간이 나오는 것을 보면 일리가 있는 듯하다.

어리버리하게 시작한 결혼생활도 벌써 30년이 다가온다. 딸 둘, 아들 둘까지 생겼다. 자식 부자다. 결혼 전에 충분히 사귀어보지도 않고 결혼한 커플이라도 살면서 정을 붙이고, 정을 만들어 가는 이 같은 사례도 있다. 갈등은 싸워서 없애려고 하지 말고, 잘 관리하면서 더불어 살면 되지 않을까. 에릭 프롬의 『사랑의 기술』에서도 사랑을 단지 즐거운 감정으로 정의하지 않았다. 에릭 프롬은 사랑을 첫째는 '관심(Concern)을 갖는 것'이요, 둘째는 '존경(Respect)하는 것'이고 셋째는 '이해(Understand)하는 것'이요, 넷째는 '책임(Responsibility)을 다하는 것'이고, 다섯째는 '주는 것(Self-share)'이라고 정의했다.

그동안 우리 부부는 충분하지는 않지만 서로에게 관심을 갖고 이해하고 책임지려는 자세로 그럭저럭 잘 협조하며 살아온 것 같다. 늙어서 여자에게는 필요한 5가지가 있다는데 돈, 딸, 건강, 친구, 찜질방이라고 한다. 남자는 아내, 집사람, 마누라, 애들 엄마, 와이프라는 말이 있다. 예비역인 나는 아내를 '전우'라고도 표현하고 싶다. 앞으로도 서로 존경하면서 서로 아낌없이 주고(Self-share) 살아가는 영원한 전우같은 아내를 기대해본다.

이유 없습니다! _____

사관학교 기초군사훈련에 입소하기 위해 육사를 찾은 첫날 우리 신입생들은 이발소로 향했다. 그곳 유리 벽면에 붙어있던 글귀를 아직도 잊지 않는다. '머리를 전투모에 맞추든지 전투모를 머리에 맞추든지!' 그야말로 군대식이다. 그때는 몰랐으나 이후 이 말은 군 생활하는 내내 적용되는 기본원리였다. 군대 전투복이나 전투모는 모두 기성품이다. 몇 호라고 명시된 옷이나 모자는 대략 자기 몸에 맞추어 입는다. 그러다 보니 팔이 좀 길었던 나는 대체로 전투복 팔 길이는 짧았다. 팔길이가 맞으면 품이 넉넉했다.

지금 육사는 많이 바뀌었지만 내가 생도 시절에는 상급자가 "귀관, 왜 이렇게 했는가!"라고 질책을 하면 하급자들은 "이유 없습니다!"라고 말하게끔 훈육되어졌다. 이유를 설명해야 하는데 자기 생각을 없게 하거나 엷게 만들었다. 20대 초반 젊은이들은 그냥 웃을 일도 많다. 그런데 함부로 웃지도 못하게 했다. health(건강)와 happy(행복)도 그리스어 hele(웃음)에서 왔다는데 항상 근엄한 표정을 요구했다. 일상생활에서도 특별한 경우가 아니면 사사로운 이유와 변명을 대지 못하게 했다. 전장 상황을 고려해서 불필요하게 말이 길면 작전상 문제가 발생할 수도 있다고 했다. 상급자에 절대복종을 강요하고 있는 군대에서 불필요한 군더더기는 듣기 싫어했다. 우습게도 상급자는 말을 많이 해도 괜찮고 하급자가 말이 많은 것을 유독 싫어했다. 무엇인가를 질문하거나 이유나 핑계를 대면 말이 많은 놈이라고 했다.

정신과 의사이며 심리학자였던 지그문트 프로이트 박사는 "핑계란 자아를 보호하기 위한 하나의 방편"이라고 했다. 사람은 자아를 보호하기 위해 억압, 투사, 합리화, 부정 등 여러 가지 자아 방어기제를 사용하는데 핑계는 합리화라는 자아 방어기제에 해당한다. 핑계와 같은 자아 방어기제를 적절하게 잘 사용하면 오히려 자아를 건강하게 유지하는 데 도움이 된다고 한다. 핑계를 잘 사용하면 자신의 심리적 균형을 유지할 수 있으며, 지치고 위기에 처해 있는 자아를 지키는 데 도움이 될 수도 있음에도 아예 핑계를 대지 못하게 한다. 실패하는 사람들은 끊임없이 핑계를 댄다고 한다. 일시적인 책임을 회피하여 위안을 얻기 위해 핑계를 대거나, 핑계를 대는 것이 습관이 된다면 문제가 된다. 핑계 이전에 자신 행동에 대해 책임을 지고 자신 능력이나 역량을 계속 끊임없이 향상시키는 것이 더 중요하다. 자칫 올바른 기제로서 핑계조차 대지 못하게 막아버리면 올바른 의사소통 창구를 막아버리는 셈이 된다. 예를 들면, 상급지휘관이 주관하는 회의일 경우에 웬만해서는 부하들이 특별히 다른 의견을 많이 달지 않는다. 경험 많고 계급 높은 분이 말씀하는데 감히 토를 달기가 어렵다. 다른 의견을 개진했다가는 눈치가 보일수도 있다. 간혹 편하게 의견을 제시하라고 하는 권유의 유혹에 잠깐 넘어가서 자유분방하게 의견을 개진했다가, 반영은커녕 따가운 주변 눈총만 받는 경우도 있다.

소령 때 육사 훈육관으로 근무할 때였다. 생도부대장으로 새로 부임하신 분이 생도대장 이상으로 훈육요원들에게 간섭이 심했기에 모두들 불만이었다. 물론 부대장으로서 나름 무엇인가를 하시고 싶어하셨지만 때로는 생도대장과 상반된 지시도 하실 정도였다. 여느 때처럼 생도부대장 주관회의에서 건의사항이 있으면 편하게 이야기하라는 말이 나왔고 기회가 왔다 싶어서 건의했다. "부대장님 말씀도일리가 있으시지만. 생도규정에 부대장님 역할은 단지 생도대장님을 보좌하도록만 명시되어 있습니다. 부대장님의 너무 많은 지시가 사실 부담스럽습니다." 웃음기가 사라진 부대장은 "하하. 그래?" 그렇게 회의는 애매모호하게 끝이 났었다. 다음 날 아침 회의에 다른 업무로 잠깐 늦게 들어갔더니 회의장에서 부대장의 큰소리가 나오고 있었다. "모 장교는 내가 규정도 모르고 근무하고 있다고 생각하는 것 같은데!" 나의 이야기였기에 뜨끔했지만 어쨌든 이후부터 부대장의 잡다했던 지시사항들이 분명 줄어들긴 했다.

군대에서는 단도직입적으로 상급자에게 말하기가 곤란하니까 대부분 지휘관들은 부하들로부터 마음의 편지를 자주 받아본다. 병사들은 익명으로 은근슬쩍 간접적으로 혹은 일부 직접적으로 불만을 털어놓는 경우가 있다. 간부들은 별로 말이 없다. 발전적인 제언도 없다. 전술토의도 마찬가지이다. 주중 무관출신 김형배의 『노무현이 후진타오를 이기려면』책에 오히려 자아비판 등 논리적인 토론에 익숙한 공산권 군인들이 우리가 생각하는 것보다는 계급 간 권위가 덜하고 원활한 소통을 한다고 했다.

회의는 줄이되 토론의 장은 많이 늘려야 한다. "이유 없습니다!"를 강조하는 문화가 아니라 "이유 있습니다."라는 문화를 만들어가야 한다. 말로는 서로 소통하자고 했지만 실상 '이유있는 변명'을 들어 줄 준비가 되어있지 않거나, 속으로는 '이유 없습니다!'를 기대하고 있지나 않았을까. 때로 소통은 배려가 있어야 하고 상대에 대한 이해를 필요로 한다. 법(法)이라는 한자 어원도 물 수(水)와 갈 거(去)를 합쳐 만들 글자이다. 법 만드는 일도 물 흐르듯이 자연스럽게 흘러가야 한다. 사람 관계도 막힘이 없이 물 흐르듯 순리대로 자연스러워야 한다. '임금님 귀는 당나귀 귀'라는 말을 못해 병이 생긴 우화처럼 하고 싶은 말을 제대로 하지 못해서 조직 내에 동맥경화 현상이 생기게 된다면 대수술을 해야 한다. 합리적인 변명은 긍정적으로 받아들여져야 한다. 지금이라도 나는 지난날 스스로에게 변명할 것은 없는지 가끔씩 돌아본다.

군대식 _____
목표달성 방법 _____

　군대나 사회 어떤 조직이든지 혹은 개인적으로 부여된 목표를 달성하기 위해서는 다양한 방법으로 문제에 접근한다. 어떻게 하면 쉽게 해결할 수 있을까. 일반적으로 육하원칙에 근거하여 풀어나가는 방법이 있다. 누가, 언제, 어디서, 무엇을, 어떻게, 왜? 이 원칙을 적용하면 목표달성의 필요성과 대상범위 그리고 활동영역이 대체로 분명해진다. 이 원칙은 좋은 삶과 좋은 글을 쓰고자 할 때도 던질 수 있는 질문이다.

　군대에서는 공격과 방어라는 분명하고 확실한 전장 상황에서 승리하기 위해 작전계획을 수립할 때 반드시 확인해야 할 요소들을 제시하고 있다. 한국군은 주로 군사선진국 미군들이 사용하는 개념을 우리 실정에 맞게 적용하는 경우가 많다. 그 가운데 하나가 'METT-TC'라는 요소이다. 군대에서 중대장 직책을 수행한 장교라면 누구나 잘 알고 있다. 즉 Mission(임무), Enemy(적), Times available(가용시간), Troops available(가용부대), Terrain & weather(지형과 기상, 즉 환경), Civilization(민간상황)이다. 작전 간 임무수행을 제대로 효과적으로 달성하기 위해 모든 준비상태를 확인하여 하달하는 작전명령 5개항도 있다. (1)상황, (2)임무, (3)실시, (4)전투근무지원, (5)지휘 및 통신이다. 'METT-TC' 요소들과 작전명령 5개항은 유사한 것 같지만 전자는 계획단계에서 점검하는 요소이고, 후자는 마지막 실행단계 현장에서 직접 점검하는 요소라고 보면 된다.

'METT-TC' 요소로 현상에 대한 진단을 어떻게 하는가. 우리 부대에 부여된 임무가 무엇인지, 우리와 싸워야 할 적은 어떠한 특징을 가지고 있는가. 이 작전을 수행하기 위해 우리에게 가용한 시간은 얼마나 있는가. 우리를 지원해 줄 수 있는 가용한 부대는 어떤 규모이며 임무를 수행하기에 문제는 없는가. 우리가 싸워야 할 전장의 지형은 어떻게 형성되어 있으며 작전기간동안 기상은 어떠한가. 부대가 기동하는 데 있어 장애물은 없는가. 작전 수행 간 참고할 민간인 요소가 없는지 예를 들면 작전지역 내에 국보급 보물이 소장되어 있는 문화재가 존재하고 있다면 고려해야 할 사항이다. 이러한 제반요소들을 따져서 작전계획을 수립해야 한다. 마찬가지로 대대장이 예하 중대장들을 소집하여 작전지역에 대한 작전명령을 하달할 경우에도 유사하다. 현 시간부로 우리 부대와 맞닥뜨리고 있는 적 상황은 어떠한지. 우리에게 부여된 최종 임무는 무엇인지. 주공과 조공을 어떻게 편성하여 싸울 것인가. 적의 취약요소가 어디인지를 미리 파악해서 이 방향으로 주공을 투입해야 한다. 주먹구구식으로 전투를 할 수 없다. 전투를 지원하는 부대들은 어디에 위치하여 어떻게 전투부대를 지원할 것인지. 작전지역 내 지휘관이 위치할 지휘소는 어디이며, 의사소통을 주고받는 유무선 통신은 어떻게 운용할 것인지 등에 대해 예하 지휘관들과 전투 전에 미리 명확하게 소통해야 한다. 추가로 피아 식별을 위해 암구어 사용이라든지 기타 반드시 필요한 작전상 알아야 할 사안까지 명령으로 하달한다. 군대에서는 이러한 요소들이 누락함이 없이 말단병사들에게까지 제대로 전파되었는지를 훈련 때는 평가단에서 점검한다.

장교 출신 사업가 지인은 군대에서 체득한 이러한 군의 작전계획 수립 및 작전명령 하달 요소들을 사업에도 그대로 적용하고 있다고 했다. 나름대로 큰 효과를 보고 있다고 한다. 곰곰이 생각해보면 목표달성은 군대나 사회나 동일한 상황이니 응용만 잘하면 될 것도 같다. 사업하는 동종회사들과의 비교를 통해 더 경쟁력 있는 회사를 만들 수 있겠다. 물론 목표달성 성공 여부는 CEO의 추진력과 능력 등 리더십에 달려있다. 또 다른 장교 출신 사업가는 군에서 배운 리더십에 대해서도 어느 것 하나도 버릴 것이 없었다고 했다. 군대에는 '장교의 책무'라고 명시되어 있는 규율이 있다. '장교는 군대의 기간이다. 그러므로 장교는 그 책무의 중대성을 자각하며 직무수행에 필요한 전문지식과 기술을 습득하고 건전한 인격의 도야와 심신의 수련에 힘쓸 것이며, 처사를 공명정대히 하고 법규를 준수하며 솔선수범함으로써 부하로부터 존경과 신뢰를 받아 역경으로부터 올바른 판단과 조치를 할 수 있는 통찰력과 권위를 갖추어야 한다.' 이렇게 되어있다. 장교들은 장교양성기관에서 이 문장을 암기한다. 그 사업가는 이 문구에서 장교, 군대라는 단어만 CEO(사장), 회사라는 단어로 바꾸면 훌륭한 CEO(사장)의 책무가 된다고 한다. 아랫사람들에게 군림하지 않고 직무수행에 필요한 전문지식과 기술을 습득하고, 사장의 직책에 맞는 인품과 매사에 공명정대하게 처신하면서 솔선수범으로 모든 역경을 헤쳐 나가는 능력을 갖추도록 강조하는 멋진 내용으로 바뀐다. 듣고 보니 그럴듯했다. 겨우 군대 생활을 2년만 하고 전역한 학군출신 동기로부터 이러한 이야기를 들었을 때 스스로 부끄러웠던 기억이 난다. 단순히 시험을 잘 치르기 위해 장교의 책무를 암기하기에만 급급하지는 않았을까 하는 반성이 들었다. 젊은 시절에 배운 경험을 이처럼 평생 가슴에 새겨서 자기를 더욱 채찍질하면서 살아가고 있는 리더들도 있다. 군대에서 배우는 좋은 장점들이 단순히 군대에서만 제한적으로 활용되지 않고 일반 사회에서도 널리 잘 적용하여 많이 도움이 되었으면 좋겠다.

영국의 획득제도에서 _____

얻는 교훈 _____

한국축구의 박지성 선수가 한때 활동했던 영국은 OECD 국가 중 경제 4위, 2008년 국방예산 594억 달러(한국의 약 3배), 병력 20만 명의 세계 방산수출 5위, 국방과학기술 수준 세계 4위 국가다.

현재 영국 국방획득 조직은 2007년 4월부터 '국방획득지원본부 (Defense Equipment & Support)'로 통합 운영 중이다. 그 이전에는 2개의 조직으로 분리하여 운영했다. 하나는 기존 조달 조직을 통합해 무기가 야전에 배치되기 이전까지를 담당했던 '획득본부(DPA, 1999~2006)'와 각 군 군수사령부를 통합해 무기가 야전에 배치된 이후를 지원했던 '군수본부(DLO, 2000~2006)'가 그것이다. 이렇게 이원화된 조직을 운영한 결과 획득과 운영유지의 연계가 잘 되지 않고, 인력과 비용이 비효율적으로 운용되는 문제점이 발생하여 마침내 하나로 통합했다. 여기저기 분산된 획득조직의 통합은 물론 중복되는 조직과 기능을 단일화하고, 무기의 최초 도입부터 폐기 시까지 책임부서를 하나로 지정하여 일관성을 유지하며 수명 주기를 관리하도록 했다. 수요자인 군의 입장에서 지원받는 창구도 일원화했고, 신무기의 유지 예산도 계획 기간을 5년에서 10년으로 확대해 재원 배분의 일관성과 균형을 유지하도록 했다. 이러한 효과로 약 1조 원 이상 예산절감을 기대한다고 한다.

우리는 2006년 방위사업청이 개청하기 이전까지 미국 제도의 영향을 받아 국방부 중심의 획득정책과 각 군별 사업관리를 했다. 방사청이 개청한 이후부터는 방위사업청에서 획득정책과 사업관리, 예산편성과 집행을 전담하는 프랑스 병기본부 형태를 일부 벤치마킹하고 있다. 그러나 외청인 우리의 방위사업청과는 달리 프랑스 병기본부는 국방부 내 기관이다.

방위사업청 개청 이후 분명한 성과도 있지만 국방부는 군수지원, 방위사업청은 획득업무를 담당하는 이원화된 구조와 일부 중복 기능 운용은 마치 영국이 지난날 시행착오를 겪었던 그 궤도를 그대로 답습하고 있다. 그들이 겪었던 통합의 과정은 우리에게 시사하는 바가 매우 많다. 우선 영국을 포함한 선진국들은 모두 국방부가 직접 획득정책을 주도하면서 획득과 운영유지를 연계시켜 무기의 '총수명주기체계관리'라는 경제성과 효율성에 역점을 두고 있다. 오히려 선진국일수록 국가예산의 낭비를 최소화하기 위해 더욱더 심혈을 기울이고 있는 것이다.

이제 우리도 국방개혁을 제대로 뒷받침할 수 있는 국방획득정책을 구현하는 과정에서 영국 획득제도의 변천사를 통해 교훈을 얻을 수 있을 것이다. 당연히 현재 우리 획득제도의 장점은 계속 발전시켜 나가야 하겠지만, 이미 식별되고 예견되는 문제점은 더 이상 늦기 전에 적절한 처방을 해 나가는 것이 현명할 것이다.*

※ 2009.8.24. 국방일보
  우리도 언젠가는 획득과 운영유지가 통합되는 효율적인 국방개혁을 선택할 날이 오리라 지금도 기대해본다.

제주의 바다, _____
세계 평화를 품다! _____

　해군 국제관함식에 다녀온 적이 있다. 14세기 영국에서 시작된 관함식은 국군 통수권자인 대통령이 바다에서 전투태세를 점검하는 '해상 사열식'이다. 우리나라에서는 국제관함식을 1998년부터 10년마다 개최하고 있다. '제주의 바다, 세계 평화를 품다!'라는 슬로건을 내건 2018년 국제관함식은 민군복합항인 제주해군기지에서 처음으로 열렸다. 국내외 함정 39척과 24대 항공기 그리고 46개국 대표단이 참가했다. 나도 해군 군무원이었던 부친을 따라 진해에서 태어나 어린 시절을 보내 눈부시게 하얀 해군 군복과 의장대, 군함에는 남달리 친숙하다. 관함식은 처음 보았지만 괄목상대(刮目相對)하게 성장한 우리 해군의 위풍당당함을 엿볼 수 있었다.

　세계 8위권 강군으로 자리 잡은 우리 해군. 그러나 군인 가족들 삯바느질과 장병들 성금으로 미국의 퇴역군함을 구매하여 6·25를 맞았던 눈물겨운 시절도 있었다. 그 중심에는 해군을 창설한 손원일 제독과 그 부인 홍은혜 여사가 있었다. 해군가 '바다로 가자'를 직접 작곡 작사한 홍은혜 여사는 내가 해군 교회에서 만날 때면 항상 해군장병들이 최고 미남이라고 자랑하시곤 했다. 이분들의 노블레스 오블리주 정신과 애국심이 오늘날 해군의 초석이 되었다고 생각한다.

제주민군복합항은 함정 20여 척과 15만 톤급 대형 크루즈선 2척을 동시에 수용할 수 있다. 이곳은 해상의 전략적 요충지이자 해군력 운용의 허브이다. 주변 국가와 해양 분쟁이 발생하게 되면 최전방 요새로 우리나라의 권익과 자원을 지키는 역할을 하게 된다. 수출입 물량의 99.7%를 해상 수송에 의존하고 있는 경제활동도 당연히 보호한다. 한국경제연구학회 연구에 따르면 지역경제에도 총 2조 원 이상의 가치가 있다고 추정한다.

제주민군복합항 건설 사업은 내가 국방부 과장 시절 담당했던 업무 중 하나였다. 그 추진 과정은 결코 순탄하지 않았다. 공사 현장에도 몇 번이나 방문했었다. 당시에는 지금과 같은 모습이 감히 상상되지 않았다. 그 정도로 강한 반대가 있었다. 결국 갈등이 증폭되어 국회에서 제주민군복합항 특별위원회가 한 달 이상 운영되기도 했다. 우여곡절 끝에 2015년 말에 완공하였다. 관함식 당일에도 현장에서는 일부 반대 시위가 있었다. 여전히 갈등의 불씨가 남아 있다. 제주도를 '평화의 섬'으로 만들고자 하는 이들의 마음을 이해하지 못하는 것은 아니다. 그러나 제주해군기지 건설을 결정했던 노무현 대통령도 "평화의 섬에 왜 군사기지가 있느냐고 하는 분들이 있는데

비무장 평화는 미래의 이상(理想)이고, 무장 없이 평화를 지킬 수 없다"라고 강조했었다. 제주도는 고려시대에 100여 년 동안 몽고 통치를 직접 받았던 적도 있다. 일제 강점기에 일본이 만든 알뜨르 비행장 격납고 흔적이 아직도 남아 있다. 나라가 힘이 없을 때는 평화를 지킬 수도 없었다.

이번 관함식을 계기로 제주도에도 평화가 다시 찾아오길 희망한다. 건설 과정에서 있었던 모든 갈등을 극복하고 민군이 진정으로 상생·발전하는 첫걸음이 되기를 진심으로 기원한다. 지금도 전국 곳곳에 민군 갈등 현장이 많다. 제주민군복합항 사례를 교훈 삼아 국민에게 더욱 친숙하게 다가가는 안보, 지역주민에게 도움이 되는 안보현장이 되도록 우리 모두 노력해야 한다. 세계적으로 성공한 미국 하와이, 호주 시드니 민군복합항들처럼 제주민군복합항도 대한민국을 나아가 세계 화합의 장소, 평화의 출발지로 거듭나기를 기대해본다.

112로 짜장면 주문에 _____
대처하는 경찰관처럼 _____

한때 '112에 짜장면 주문 전화를 받은 경찰관의 소름 돋는 대처법'이라는 영상이 화제가 된 적이 있었다. 뜬금없이 짜장면 2그릇 주문을 받은 경찰관은 데이트 폭력신고 전화라는 사실을 바로 알아차려 빠르게 대처했다. 용기를 내어서 어렵게 데이트 폭력전화 신고를 했던 여성의 전화를 가벼운 장난 전화로 여기지 않고 즉각 조치한 경찰관 판단력이 돋보였다.

중국식당이 아닌 112로 전화를 해서 다짜고짜 "여기 짜장면 2개만 보내주세요!"라는 여성에게 경찰은 잠시 생각하다가 바로 "혹시 남자친구에게 맞았어요?"라고 묻는다. 신고자는 "네…."라고 말하고 경찰관은 "중국식당이라고 말하면 된다."며 신고자를 안심시킨 후, 경찰관이 도착 후 노크를 3번 하겠다고 알려준다. 이런 상황을 재빨리 파악한 경찰관은 그동안 다양한 사례로 훈련된 전문적인 지식과 본능적으로 판단력이 뛰어난 소유자인 것 같다.

판단력이란 일정한 논리나 기준에 따라 사물의 가치와 관계를 결정하는 능력이다. 우리는 일생동안 매 순간 판단을 필요로 할 때가 많다. 때로는 즉각적인 판단을 해야 할 경우를 놓치고 지나칠 때도 있다. 돌이켜보면 나도 그런 기회가 더러 있었다. 지금도 매일같이 사적이든 공적이든 적시 적절한 판단을 해야 할 순간들이 많이 발생한다. 군에서 간부생활을 해본 사람이라면 누구나 위기관리에 대한 대처교육을 받았고 직접 체험도 한다. 예전에 군부대 사격장에서 제대로 통제를 하지 못해 인근에서 행군하던 병사가 피탄에 의해 사망하는 안타까운 사고가 발생하였다. 이것도 보다 세밀하게 안전을 확인하지 못한 이들 책임이다. 대부분 간부들은 사전에 위험예지훈련 등으로 부대훈련이나 작업하기 전에 안전의식을 충분히 고취시킨다. 누군가가 현장에서 안전상 조그마한 일이라도 이상한 낌새가 보이면 즉각 상황을 전파하고 행동해야 한다. 군부대 지휘관은 많은 부하들의 생명을 보장해야 할 막중한 자리이다. 지휘관 임무 수행 중이라도 능력이 없거나 안전사고에 대한 책임으로 보직해임을 시키는 이유이기도 하다.

국회에서 육군협력관 임무를 수행할 때이다. 국방위원장을 포함한 국방위 의원 일부를 모시고 서해 도서 해병대 기지로 군 헬기를 타고 이동할 경우가 있었다. 내가 수행하게 되어 국방위원장과 동석하여 탑승하였는데 헬기내부 천정에 물방울이 얼핏 보였다. 처음에는 대수롭지 않게 지나쳤다. 몇 초가 지나지 않아 물방울이 똑 떨어졌다. 그리고 다시 그 주변이 물방울로 뭉치는 것이다. 이상해서

가만히 보니까 무엇인가 누수가 되는 형상이었다. 물방울인지 기름방울인지도 구분이 되지 않았다. 그래서 막 "윙~윙~" 힘차게 이륙하는 헬기에 대고 소리쳤다. "스톱! 스톱!" 지상으로부터 약 2m 이상 이륙했다가 헬기는 다시 내려앉았다. 기장에게 말했다. 국방위원장에게도 양해를 구했다. 기장도 확인하고는 대기 중인 예비헬기로 옮겨 타는 것이 좋겠다고 했다. 옮겨 탄 헬기로 무사히 해병대 기지를 방문하고 복귀했다. 다행히 나중에 큰 문제는 아니었고 기름이 계속 새어나와 현장에서 정비를 마쳤다고 한다. 이처럼 평상시와 다르다고 느낄 때는 즉각적으로 판단을 해야 한다. 이제 막 이륙한 헬기도 멈추게 해야 한다. 조직을 이끄는 사람은 당연히 항상 최고의 판단력을 유지해야 한다. 앞서 언급한 경찰관처럼 단지 전화상 말만 듣고도 무엇인가를 잡아낼 수 있는 감각적 판단력을 가지려면 얼마나 업무에 집중하고 있었는지를 알 수 있다. 판단력은 평상시 연습에서 비롯된다. 어찌 보면 단순할 수 있다. 어떤 상황에 처해 있을 때 "현재 문제가 없는가?"를 생각하면 된다. "문제가 있다."라는 생각이 들면 즉각 행동으로 옮기면 된다. 행동이 중요하다. 조그마한 일에서부터 시작하면 된다.

우리 조상들은 예로부터 신언서판(身言書判)으로 인물 평가기준을 설정했다. 몸가짐과 언변 그리고 문장력과 판단력이다. 판단력을 어찌 평가했을까. 눈에 보이지 않는 판단력도 그만큼 중시한 것이다. 특히 군 지휘관이나 공무원처럼 국가나 공조직을 이끄는 리더들은 판단력이 뛰어나야 한다. 물론 주변 말을 듣지 않는 독선적인 판단력은 문제가 되기도 한다. 공평무사하고 보편타당하며 객관성이 있는 판단력을 말한다. 자기중심적이고 이해타산적인 판단력이어서는 안 된다.

매일같이 쏟아지는 뉴스 홍수시대에서는 가짜뉴스를 선별하는 것도 쉽지 않다. 그냥 무심코 넘어갈 수 있을 법한 가짜뉴스같은, 중국식당이 아닌 경찰서에 짜장면 주문을 하는 사람에게서도 위기를 발견하고 즉각 대처한 놀라운 판단력을 가진 경찰관에 대해서 존경심마저 갖게 되는 이유이다.

프랑스 생시르 육사에서 _____
미래를 발견하다 _____

　육사에서 소령으로 근무할 때 생도 4명과 프랑스 생시르 육군사
관학교를 방문한 적이 있었다. 그 당시 느꼈던 문화적 충격은 매우
컸었다. 부러웠고 선진국은 역시 다르다는 생각을 갖게 되었다. 생시
르 사관학교는 3년 과정의 프랑스 정규사관학교인데 처음에는 프랑
스 수도인 파리시에 위치하고 있다가 생시르 지방으로 이전했다. 떼
제베 기차를 타고 거의 2시간이 소요되는 지방이었다. 주변에 도시
화된 건물이 보이지 않는 한적한 숲으로 둘러싸여 있었다. 생시르
사관학교는 그야말로 전사들을 양성하는 기관처럼 보였다. 생도들
은 재학기간 중 1년을 야전체험으로 각 부대에서 보낸다. 이들 80%
정도는 군사고등학교 출신들이다.
　육·해·공군사관학교로 대부분 진학하는 이들은 거의 고등학교
동문들로 되어있다고 보면 된다. 그래서 합동군사훈련 간 협조도 매
우 잘 되는 편이라고 한다. 직업군인이 되고 싶은 사람은 우선 군사
고등학교에 진학하여 대부분 각 군 사관학교로 진학을 하게 된다.
육군장교양성기관은 생시르 사관학교로 대부분 통일되어 있고 여기

에서는 입학과 졸업 시기만 달리하여 6개월 과정, 1년 과정 등 각각 프로그램이 다른 출신의 장교들이 탄생하게 되는 것이다. 우리나라 육군의 경우처럼 육사, 3사, 학군, 학사, 병 출신 장교 등 임용되는 장교과정이 복잡하게 많지 않았다. 대부분 생시르 사관학교 출신이다. 방문 당시 그곳 졸업식에 참석하게 되었는데 우리와 달리 야간에 진행하였다. 졸업식을 야외에서 하였고, 학교 내 다른 출신 대표들도 함께 참석하여 다 같이 축하해주었다. 졸업식 행사도 마치 한 편의 뮤지컬을 보는 듯이 예술적으로 진행했다. 건물 위에서 대형 라이트를 비추면서 캄캄한 어둠 속에서 저벅저벅 통일된 발맞춤 군화소리는 참관객들을 전율케 했다. 적막감을 깨우는 그 멋진 광경은 마치 영화 속 장면처럼 오랫동안 머리에 남았다. 의전행사를 마친 졸업생들은 가족, 친구들, 훈육장교들과 함께 대형구내식당에서 밤새워 파티를 즐겼다. 학교장 부부의 댄스를 시작으로 다 같이 춤을 추며 대화하고 노래 부르며 그동안 노고를 서로 치하하는 모습이 참 인상적이었다. 생도 군사훈련을 담당하는 군사학처장이 우리는 대령인데 반해 준장계급이었고 생도대장은 우리가 준장계급인데 반해 그곳은 대령이었다. 군사훈련에 더 무게를 둔 반면 우리는 다소 권위의 상징으로 보이는 생도대장을 더 우대하는 차이가 있었다. 학교 지역이 매우 넓기 때문에 졸업생을 대상으로 영내에서 수시로 공수강하훈련이 이루어지고 있었다. 자기가 원하는 일정을 반영하여 정기적으로 학교 내에서 강하훈련을 하고 있었다. 우리가 방문한 날도 훈련하는 모습을 볼 수 있었다. 학교 내에 기동사격장이 있다는 것도 부러웠다. 숲으로 형성되어 있는 기동사격장은 팀원들이 매복과 이동을 하면서 통제관에 의해 수시로 나타나는 적 표적에 대해 실사격을 하며 실전처럼 훈련하고 있었다. 생도대장이 직접 기동사격장에서 1개 훈련조를 지도하는 모습도 매우 인상적이었다. 또 우리는 최근에 보편화되고 있는 실내 전자식 훈련장이 당시에 그곳에 있었다. 20년 전에!! 여러 가지 공용화기들이 설치되어 있는 가운데 대형스크린 화면에 각종 전투상황이 묘사되고 이에 따른 사격을 하게 되면 전자빔이 발사하면서 훈련하는 모델이었다. 현재는 우리도 KCTC단 기동훈련장이 강원도 인제에 있고 전자 사격훈련장도 설치되어 있다.

당시 프랑스 사관학교에는 여생도도 있었다. 아침에 그들은 기상하거나 출근해서(생도들은 본인이 원할 경우는 영외 거주 가능) 체력단련을 의무적으로 해야 하는데 남녀생도 구분 없이 실시하였다. 여생도라고 특별히 배려하는 것도 아니었다. 궁금해서 물어보았더니 자기들은 아무리 여생도라 하더라도 동일한 기준으로 해야 하며 체력적으로 따라오지 못할 경우 도태되어야 한다고 했다. 나약하면 동기생으로 인정하지 않는다고 분명히 단호하게 말했다. 우리 육사에서도 98년도부터 여생도가 입학하기 시작했는데 처음에는 동일한 기준으로 하다가 여학생들의 특성을 고려하여 기준을 차등화하였다. 결론적으로 느낀 소감은 아! 세계대전을 직접 경험했던 나라의 사관학교 교육은 매우 실전적이고 현실적이구나. 라는 느낌을 받았다. 우리도 6.25를 경험했지만 아직 남과 북이 서로 대치되고 있는 상황에서 군사고등학교와 같은 제도는 있음직하다는 생각도 들었다.

프랑스 사관학교를 다녀온 20년 전 그때보다 우리 육사는 더 과학적이고 더 현대적으로 엄청나게 변화했다. 그럼에도 더 세계적인 명문 장교 양성기관으로 거듭 나는 육사가 되길 항상 기대한다.

이제는
컬처 밀리터리

21세기는 무엇인가를 누리고 싶어 하는 문화 시대다. 조직 구성원들은 보다 많은 여가시간을 문화생활에 투자하기를 즐기고 정신적으로는 풍요로운 삶을 향유하는 데 보다 많은 관심을 갖는다. 문화를 원천으로 고부가가치를 창출해 경쟁력을 높이는 컬처노믹스(Culturenomics)가 새롭게 부각되고 있다.

육사 생도대에서 근무할 때 러시아 고위 장성이 생도 생활관을 방문한 적이 있었다. 책꽂이 책들을 유심히 살피던 그분이 한 말이 아직도 잊히지 않는다. "왜 생도 생활관에는 예술과 관련된 책들이 하나도 보이지 않습니까?" 그 뒤로 전 생도들에게 연극·미술·뮤지컬 등을 관람할 수 있는 기회를 대폭 증가시켰던 적이 있다.

지금 전방지역에 근무하고 있는 우리 병사들의 문화생활은 어떠한가? 겨우 동아리활동 등을 통해 체험하는 수준을 벗어나지 못하고 있다. 21세기의 선진군대로 달려가고 있는 세계 경제 11위권 대한민국 위상에 걸맞지 않다. 대부분 군대가 주둔하고 있는 전방지역 자치단체의 문화에 대한 열악한 재정환경에도 문제가 있겠지만 국가적 차원에서 이러한 분야에 관심과 투자가 미흡한 것이 사실이다.

세계적인 비보이의 끼와 열정이 넘쳐흐르는 대한민국 모든 젊은이들을 불러 모은 병영에 문화 활동을 위해 투자되는 예산이 과연 얼마나 되는지 자문해 보지 않을 수 없다. 예술의 힘은 대단하다. 결코 나약하지 않다. 날 선 오케스트라 지휘자의 가냘픈 지휘봉에 따라 춤을 추는 악기들의 현란한 움직임은 어떠한 군기보다 더 강력할 수 있다. 때로는 실의에 빠진 병사 인생을 구할 수도 있다. 실례로 예전에 성악을 공부하다 입대한 병사가 있었는데 도무지 군 생활 적응을 하지 못했다. 그래서 궁리 끝에 그를 위해 작은 음악회를 개최했다. 너무나 멋지게 공연을 마친 그 병사는 자신감에 넘쳐 그 이후 군 생활을 무사히 잘 했음은 물론이다.

이제 우리 군도 선진 병영문화를 조성해 나감에 있어 '컬처 밀리터리' 여건을 조성해 나가야 한다. 군대가 더 이상 문화의 사각지대가 되어서는 안 되겠다. 오히려 군대에서부터 건전한 예술의 바람이 불어나가도록 적극 지원을 해야 한다. 아직도 어떤 차원에서는 격오지 부대에 대한 의식주 등 시급한 병영생활 여건부터 개선해야 하겠지만 선진군대로 나아가기 위해서는 눈에 보이지 않는 문화의 힘이 결국 강한 군대를 만드는 성장 동력이 될 수 있음을 간과해서는 안 된다.

이러한 차원에서 사회일각에서 전개하고 있는 군부대에 책 나누기 운동과 같은 활동 등은 매우 고무적이다. 부대도 자체적으로 한 차원 높은 문화 콘텐츠를 적극 개발하는 등의 노력을 해야 한다. 연대장할 때 예하부대원 가운데 재능있는 병사들을 모아 공연단을 만든 적이 있었다. 음악밴드, 사물놀이, 비보이, 노래와 장기자랑, 악기연주, 태권도 시범 등 예하부대 순회공연을 통해 사기진작에 큰 도움이 된 적이 있었다. 병사들에게 문학, 미술, 음악, 연극 등 직·간접으로 다양한 체험을 하게 해서, 예술적 안목을 가진 선진시민이 되어 돌아가도록 우리 모두 함께 고민해야 할 것이다.*

5장

국회 / 책임 / 성장

가을이 지나가는 _____
국회에서 _____

　국회 입법조사처는 각 상임위와 의원들이 요구하는 입법, 정책개발과 관련된 다양한 자료를 수집, 관리, 보급하며 외국 입법 동향 등을 분석해 정보를 제공하는 국회 입법지원 조직이다. 입법조사처가 개청됨으로써 평시 국회의원들이 광범위한 지식 전문성이 제한될 수밖에 없었던 한계를 어느 정도 극복하였다.

　국회는 입법 활동과 예산 심의 등 중요한 기능과 역할을 하는 곳이다. 사회의 온갖 갈등과 모순덩어리 실타래를 풀고, 치열하고 혼란스러운 가치관들을 녹여나가는 국회는 매년 정기국회 회기 마지막에는 정부예산안을 심사한다. 정부 각 부처에서는 기획재정부에서 국회로 올라온 내년도 예산을 제대로 확보하기 위해 나름대로 특별팀(?)을 가동하는 등 의원과 보좌진을 대상으로 사업별 이해시키기와 설득작업을 눈물겹도록 하고 있다.

　각 군을 포함한 국방부도 예외일 수 없다. 때로 한 국가의 안보를 담당하는 국방비조차 여느 일반 예산과 동일한 선상에서 일방적으로 재단되는 경우를 볼 때는 안타까운 것이 사실이다. 그러나 한편으로 이제 어느 부처나 예산을 확보하기 위한 노력을 절대 소홀히 할 수 없다는 엄연한 현실 앞에서 어떻게 해야 원하는 수준의 국방비를 확보할 것인가를 고민하지 않을 수 없다. 해가 갈수록 국가 이익의 균형분배를 주장하는 성숙한 민주사회의 현실 속에서 국방예산도 더 이상 예외일 수가 없다. 우선 군이 할 수 있는 것은 국회(국민) 속으로 더 가까이 다가가 국민 눈높이에 맞춰 보편타당하고 객관적인 논리로 그들을 이해시키고 설득해야 한다. 이제 더 이상 군 내부에서조차 공감되지 않는 논리나 무조건 해달라는 식의 밀어붙이기로는 통하지 않는다는 것을 인식해야 한다.

군 내부 논리에만 함몰되어 외부를 돌아보지 못하는 미숙함이 아니라 비전문가들이 들어도 공감할 수 있도록 쉽고도 논리 정연한 타당성으로 접근해야 한다. 물론 국가기밀 내용을 공개한다는 것은 제한이 되지만 그래도 국민과 함께하는 노력을 통해 국민을 설득시키지 않고는 예산확보가 어렵다는 것을 알아야 한다. 그러한 논리를 세울 수 없다면 애당초 정책 사업을 꿈꾸지 말아야 한다. 한때 육군이 내세운 '강한친구 대한민국 육군' 같은 슬로건처럼 정책을 다루는 이들은 자기 사업에 대해서는 누구나 '마케팅 전략'의 귀신이 되어야 한다. 지금 군은 어느 때보다 '열린 사고'로 업무를 추진하고 있지만 우리 사회의 변화추이를 볼 때 더 많이 변화되어야 한다. 때로 군의 이익을 위해서는 위계질서에 너무나 익숙해 있는 사사로움을 과감히 던져 버려야 한다. 그러나 국가안보의 한 축을 담당하는 군인답게 비굴함과 타협하기보다는 '국가와 국민의 편'에서 당당하게 대응해나가야 한다. 매년 확정되는 정부예산에서 국방 분야가 좋을 결실을 맺고 우리 군도 한층 국회를 바라보는 시각이 성숙되기를 가을이 지나가고 있는 국회에서 기대해 본다.*

---

* 2007. 11.28. 국방일보
  정부예산의 약 10%를 차지하는 국방예산 확보는 그때나 지금이나 여전히 중요하다. 마케팅 전략의 귀신이 되어야 살아남는다.

90년대생과
60년대생

신입직원 환영회가 있었다. 국회 8급 공무원 시험에 합격하여 막 부서로 배치된 새내기 90년대생들이다. 나의 아들딸 또래다. 약 200 대 1의 치열한 경쟁을 뚫고 입사했다고 한다. 안타깝기도 하고 대견하기도 했다. 현재 취준생 4명 중 1명이 공시족이라고 한다. 나의 자녀 중 1인도 그랬었다. 현재는 다른 직종에 취직했지만.

지금 대부분 신입직원이나 전입신병들은 90년대생이다. 『90년생이 온다』의 저자 임홍택은 90년생의 특징으로 '간단함, 병맛, 솔직함'을 꼽았다. 이들은 사용하는 용어를 대부분 간단하게 줄여서 말하기 때문에 우리 60년대생들은 알아듣기가 쉽지 않다. 마치 외국어 느낌이다. '스압, 핵인싸, 쉴드 친다' 등등. 당장 우리 집에도 90년대생이 4명이나 있다. 그들끼리 사용하는 SNS 내용은 거의 판독불가다. 모바일의 급격한 변화 속에서 성장한 90년대생들은 부모세대인 60년대생들과는 결이 다른 새로운 삶을 추구한다. 분량이 매우 짧은 초단편 소설을 탐닉하고 간단한 이모티콘과 짤방으로 표현하길 좋아

한다. 재미를 바탕으로 '맥락 없고 형편없으며 어이없음'을 뜻하는 병맛 문화가 '기승전병'으로 계속 이어진다. 정치적 이념에서도 자유롭고, 가치를 중심으로 움직인다. 치열한 경쟁 속에서 살아온 이들은 신분과 재력에 관계없는 '공정한 경쟁'을 원한다. 저자는 이들이 공무원을 선호하는 이유도 유일하게 남아 있는 공정한 채용시스템이기 때문이라고 주장한다. 물론 이런 특징들에 대해 우려하는 목소리도 있다. 돌아보면 60년생들도 예전에는 그러했다. 소크라테스조차 "요즘 젊은이들은 아무 데서나 먹을 것을 씹고 다니며 버릇이 없다"라는 말을 남길 정도로 젊은이들 버릇없음은 고금을 막론하고 비판 대상이었다.

그러나 최근 군에 입대하는 90년대생 장병들을 보면 반드시 그렇게 염려할 것만은 아닌 듯싶다. 이들은 가장 힘들다는 최전방 근무도 오히려 더 선호하며, 파병 지원도 마다하지 않는다. 늠름하고 자랑스럽다. 강압적인 분위기와 무조건 밀어붙이는 데 익숙한 기성세대 갑질로는 더 이상 이들을 감동시킬 수 없다.

오죽했으면 중국에서도 80년대생(바링허우)과 90년대생(쥬링허우)이 문제라고 비난했을 때 알리바바 창시자 마윈은 "이 세대들한테는 문제가 없다. 문제는 우리다. 그들에 대한 신뢰와 지지를 보내는 게 우선이다"라고 말했을까. 기성세대는 선 경험을 무기로 이들을 우습게 보고 무시하곤 한다. "젊은 애들이 뭘 알겠어!"라며. 그렇지 않다. 이들을 소중하게 대해야 한다. 이들의 손에 대한민국의 미래가 달려있다. 소위 말하는 명문대를 가려면 '아빠의 무관심, 엄마의 정보력,

외할아버지의 재력이 필요하다.'라는 말도 있다. 과연 우리는 책임이 없을까?

　"난 꼰대가 아니다"라고 자신 있게 말할 수 있는 60년대생은 얼마나 될까. 나도 집에서 자녀들에게 더러 꼰대 짓(?)으로 지적을 받는다. 지나친 간섭과 우려는 더 이상 애정이 아니라 어른들의 독선과 소유욕일 수 있다. 이들 주장과 생각에는 새겨들을 측면이 분명히 있다. 왜 그토록 특권 없는 공정함과 정의를 열망하는지 살펴보아야 한다. 실상 20대를 대변할 수 있는 45세 미만 청년 국회의원의 비중도 20대 국회에서는 6.33%로 OECD 국가 중 최하위 수준이우리 현실이다. 21대 국회에서도 별로 크게 달라지지 않았다. 이들이 더 이상 우리 사회 약자로 자리매김 되어선 안 된다. 90년대생들이 대체로 충성심이 부족하고 끈기가 없어서 쉽게 포기하고, 자기 권리만 찾고 의무는 다하지 않는다는 부정적인 시각이 일부 있지만 글쎄. 60년대생도 그땐 그랬다. 그러나 60년대생들은 가난이 무엇인지도 안다. 나도 산에서 진달래꽃 따다 시장에 내다 팔아서 신발을 사신었던 적도 있다. 탄광촌 관사에서 살면서 산에 나무를 꺾어와서불을 피우며 살았던 때도 있었다. 당시에는 모두가 힘들었다. 가난은 낭만이 아니라 가난하면 불행한 삶이 될 수 있음을 직접 겪어보아서 안다. 지독한 가난은 6·25 전쟁을 겪어 온 60년대생들의 아버지와 할아버지 세대만 하겠는가. 가난을 자식들에게 되물리지 않으려는 부모세대의 희망을 이어받아 60년대생들은 자식들을 위해 그동안 부지런히 살아왔다.

90년대생들이 가난의 참혹한 맛을 직접 느끼지 못할 수는 있지만, 이들 또한 나름대로 힘든 경쟁사회에서 살아남기 위해 발버둥 치고 있다. 누군가 나에게 물었다. 지금껏 살아오면서 언제가 가장 좋은 시절이었는가 하고. 나는 분명하게. "지금"이라고 답했다. 꿈 많은 20대가 물론 좋지만 당시 기억을 떠올리면 막막하게만 보이던 미래에 대한 불안감 등 대체로 회색빛이었던 그때보다는 분홍빛으로 물든 현재가 훨씬 좋다고 생각한다.

지금도 미래에 대한 불확실하고 불안정한 길을 걷고 있는 20대 이들을 위해 더 이상 핀잔과 방치보다는 미비한 제도와 법령을 보완하고, 활동 무대를 적극 마련해주는 것이 지금 60년대생들이 해야 할 책무가 아닐까 싶다. 모든 90년대생들과 60년대생들이여. 우리 다 같이 힘내요! 파이팅!

겸손한
국회의원

호주 오픈 테니스대회에서 우리나라 정현 선수를 꺾고 결승에서 우승한 패더러는 정현 선수에 대해 "훌륭한 선수다"라는 칭찬을 아끼지 않았다. 골프의 타이거 우즈의 사생활에 관한 책 『빅 미스』의 저자 코치 행크 해이니는 "6년 동안 '고맙다'는 말을 들은 건 20번 정도밖에 안 된다. 우즈는 오직 자신에게만 신경 썼다."라고 했다. 우즈는 43세의 나이에 메이저 우승을 14승밖에 하지 못한 반면에 37세의 나이임에도 메이저 20승을 거두며 롱런하고 있는 패더러는 매우 겸손하다. 패더러는 "내가 누구인지, 어디서 왔는지 항상 생각한다. 다른 사람이 나를 높이 대해 주기를 원하는 것처럼 나도 그들을 대하려 한다."고 했다. 의외다. 그는 성경에 나오는 황금률(golden rule)을 이야기했다. 기독교 윤리관을 가장 정확하게 표현한 이 말은 신약성서 마태복음 7장 12절과 누가복음 6장 31절 "남에게 대접을 받고자 하는 대로 너희도 남을 대접하라"는 가르침이다.

정치인의 덕목으로 막스 베버는 열정, 균형 감각, 책임감을 언급했다. 국민의 대표로 선출된 국회의원은 이러한 덕목 이외에도 추가로 하나가 더 필요한 것 같다. 바로 '겸손'이다. 개원 첫해에는 특히 초선의원들은 대부분 매우 겸손한 자세를 보인다. 누구에게나 감사하다는 표현을 아끼지 않는다. 앞으로도 많이 도와달라고 부탁한다. 장군 출신이라도 한결같이 겸손한 태도를 견지한다. 국정 감사를 치르고 상임위원회를 몇 번 거치면 자신감이 붙어서인지 달라진다. 그럴 수 있다. 겸손하다는 것과 자신감이 넘친다는 말은 때로 상반되게 보일 때도 있다. 4년을 마치면서 공천을 받지 못하면 억울해하며 기자회견을 한다. 통탄해하는 의원도 있다. 심지어 당적을 옮기거나 무소속으로 출마하는 의원도 있다. 공천된 상대방을 축하해주고 인정하지 못한다. 자기도 예전에 그렇게 남을 딛고 선출되었는데도 말이다.

국회 국방부 협력관실에서 근무할 때 정부 입장을 설명하러 온 공직자를 수행하다 보면 조그마한 실수에도 과하게 호통을 치거나 위압적인 자세를 보이는 의원이나 보좌진들도 일부 있었다. 저렇게까지 해야 하나. 문제해결을 위한 노력을 서로 도와서 하면 될 것을 하는 아쉬움이 있었다. 하기야 어떤 이들은 일부러 과하게 엄포를 놓고 뒤에 딴 속셈을 차리는 경우도 있긴 하더라. 초나라 섭공 문정이 공자에게 정치를 어떻게 하면 잘 할 수 있는가라고 물었다. 공자는 '근자열원자래(近者說遠者來)'라고 답했다. 가까이 있는 사람을 기쁘게 해주고, 멀리 있는 사람은 찾아오게 하는 것이라 했다. 잊지 않았으면 좋겠다.

내가 목격하였던 의원 중 국회부의장까지 역임한 모 의원은 다선 의원이셨는데 매우 겸손했다. 그분의 겸손한 태도에 대해서는 의원 및 보좌진들 사이에서도 널리 회자되었다. 어떻게 하면 그분처럼 의원 생활을 오래 할 수 있는지가 연구대상이었다. 나도 직접 경험했던 일이지만 그분 사무실에는 항상 지역구민들이 넘쳐났다. 지역구민이 민원상담을 마치고 나갈 때면 항상 엘리베이터 입구까지 나와서 정중하게 배웅을 한다. 웃음 가득한 표정에서 항상 자상함이 넘쳐난다. 지역주민으로부터 받은 민원이 다소 무리한 것이라도 일단 성심껏 접수한다. 국방 관련 민원일 경우 이분은 직접 국방부 협력관실을 방문하여 해당 실무자와 면담하고 어떻게 해서라도 잘 해결할 수 있도록 부탁한다. 안 될 경우에는 안 되는 이유를 정확하게 확인하여 민원인을 이해시킨다. 실무자를 만날 때도 국회부의장이라는 직함은 보이지 않는다. 겸손한 자세로 민원인이 의원에게 요청할 때처럼 정중하게 부탁한다. 들어주지 않으면 죄송스러운 마음이 들 정도다. 그 의원을 따라 지역주민이 당적을 바꾼다고 할 정도로 인지도가 높았다. 진정한 겸손은 이렇게 민심도 이동시킨다.

군에서 장군을 지내신 분들이 처음 국회에 입성하는 경우에 90도로 인사하는 것이 몸에 배지 않아 애를 먹는다고 한다. 평생 거수경례가 익숙한 분들이 허리를 숙인다는 것이 쉽지 않다고 한다. 군인이 허리를 숙인다는 것은 굴종 같은 느낌도 주니까 그런지도 모르겠다.

골프선수로 유명한 우즈는 한때 여자 문제로 사과 기자회견에서

"평생 열심히 살았기 때문에 유혹을 즐겨도 된다고 생각했다. 내게는 그런 권리가 있다고 느꼈다."라고 말해서 지탄을 받은 적이 있었다. 고위 공직자나 정치인 등 사회적 지위가 높은 사람들 가운데는 자신을 매우 특별한 존재로 여기는 경우가 많다. 주변에서 그렇게 대접하기 때문일 수도 있다.

벼 이삭은 익을수록 고개를 숙인다는 격언도 있지만, 상대를 높이고 자기를 낮추는 행동이 어색하고 습관이 되지 않는다면 성경에서 마태복음이 아닌 외전 토비트서 4장 15절 "네가 싫어하는 일은 아무에게도 행하지 말라"는 가르침이라도 먼저 실천해보는 것은 어떨까 싶다.

눈부시게 아름다운 _____
어느 봄날에 _____

　다시 봄이 오고 꽃이 핀다. 울산에서 가장 먼저 개화한다는 봄의 화신 진달래도 겨우내 움츠리다가 함께 왔다. 하루가 다르게 주변이 완연한 생명의 봄빛으로 바뀌고 있다. 이것이 자연이다. 아마 우리가 각자 세월의 무게에 따라 느끼는 정도가 달라서 그렇지 자연이 우리에게 전하고자 하는 메시지는 고금을 막론하고 똑같을 것이다.

　봄은 부활(復活)과 소생(蘇生), 성장과 희망이다. 이혜인 시인도 '봄의 연가'에서 '겨울에도 봄 / 여름에도 봄 / 가을에도 봄 / 어디에나 봄이 있네 / 몸과 마음이 많이 아플수록 / 봄이 그리워서 봄이 좋아서 / 나는 너를 봄이라고 불렀고 / 너는 내게 와서 봄이 되었다 / 우리 서로 사랑하면 / 살아서도 / 죽어서도 / 언제라도 봄'이라고 노래했다. 나도 어릴 때부터 이런 봄의 화사한 그리움과 간절함이 너무 좋아 첫 딸이 태어나자마자 '봄이 왔다'는 희망을 담아 '보미'라고 불렀다.

　2년마다 받는 직장 건강검진 결과가 도착했다. 예년과 비교해보면 많이 좋아졌다. 거의 모든 항목이 정상수치다. 수년 동안 떨어지지 않던 복부비만도 사라졌다. 그동안 꾸준히 운동을 한 결과다. 그런데 엉뚱한 데서 탈이 생겼다. 과도한 운동으로 좀 무리한다 싶었는데 결국 허리 통증이 심해졌다. 병원 치료까지 받았다. 치유방법은 사실 간단하다. 그냥 쉬면 된다. 다행히 곧 회복되었다. 자연의 일부인 우리 몸에는 이처럼 신비한 회복력이 있다. 자연의 법칙이다. 무릇 모든 상처와 고통의 의미는 치유와 회복에 있다. 몸과 마음이 아플 때에는 봄의 따스함이 더욱 필요하다. 우리가 지나온 가까운 역사에서도 그러하리라.

임시의정원(현재의 국회) 100주년 기념행사도 봄과 함께 찾아왔다. 3.1 운동 이후 임시정부 수립에 대한 열망을 품고 1919년 4월 10일 중국 상해에서 첫발을 내디딘 임시의정원. 다음날까지 이어진 첫 회의에서 국민이 주인이 되는 나라라는 의미로 '대한민국' 국호를 새로 정하고, 최초의 헌법인 '대한민국 임시헌장'을 제정하였다. '빼앗긴 들에도 봄은 오는가.'라는 표현이 딱 어울렸던 100년 전 그날, 대한민국의 역사는 낯선 이역 땅에서 조국을 잃은 독립운동가 29인이 봄이 오기를 간절하게 바라면서 시작되었다. 참으로 잘 버티었다. 그 아팠던 상처와 기나긴 고통 끝에 마침내 우리들에게 와서 봄이 되었다.

지금 우리는 100년 전 그들이 그토록 간절하게 원했던 눈부시게 아름다운 봄날을 맞이하고 있다. 감사한 일이다. 물론 아직도 분단국가, 저출산, 고령화, 저성장, 양극화 현상 등 또 다른 성장통을 겪고 있지만, 현재 우리는 3050클럽(인구 5천만 명 이상이면서 1인당 국민소득 3만 달러를 넘은 국가) 세계 7개 국가 중 하나다. 우리 몸도 운동으로 다치지 않으려면 사전에 충분한 스트레칭이 필요하다. 이 땅 위에도 더 이상 지난(至難)한 역사의 상처 없이 지속적인 성장을 하려면 다가올 위기에 미리 충분히 대비하는 전략과 혜안을 가져야 하리라.

우선 이 아름다운 봄날에 적어도 2~30대 젊은이들에게 실망을 안겨주는 5~60대는 되지 말자는 성찰의 노래부터 불러보면 어떨까. 100년 전 젊은이들이 앞장선 2·8 독립선언의 외침에 어른들이 3·1운동으로 화답했듯이, 어른이 어른답고 어른이 먼저 책임질 줄 아는 정의로운 사회, 승자 독식보다는 배려와 존중이 살아있는 사회, 가진 자나 그렇지 못한 자도 모두 법 앞에서는 공평한 사회, 특권보다는 기본과 원칙을 중시하고 상식이 통하는 사회를 꿈꾸면서 말이다. 오늘도 눈부시게 아름다운 벚꽃이 흩날리는 여의도 윤중로 봄빛을 언제라도 보고 싶다.

매미가 울어대는 _____
동안에도 _____

    수컷만 운다는 매미의 울음소리가 꽤 요란하다. 그 작은 덩치에 공사장 소음보다 높은 70~80dB(데시벨)이다. 7년을 애벌레로 버티다가 겨우 열흘 정도 산다고 한다. 울음소리가 큰 매미가 짝짓기를 더 많이 한다니 크게 울 수밖에 없기도 하겠다. 매미나 인간이나 찰나 같은 일생 속에서 나름대로 죽을힘을 다해 살아가는 것이 주어진 숙명이 아닐까 싶다. 긴 기다림 짧은 일생이라 더 악착같은 매미 울음소리에 입추(立秋)와 처서(處暑)도 이미 지났다. 가을 문턱이다. 올해도 헛헛하게 흘러간다. 우리는 가끔 숨이 턱턱 막힐 정도로 힘들고 한 치 앞조차 보이지 않는 곤란한 상황에 맞닥았을 때 "시간이 지나면 다 해결될 거야."라고 스스로 위로한다. 아니, 실제로 그런 경우가 많다. 우리에게 잘 알려진 『이솝우화』 중에 '배부른 여우'도 그런 이야기다.

    굶주린 여우 한 마리가 큰 참나무의 뚫린 구멍 속에서 양치기가 먹다가 남겨둔 음식을 발견했다. 좁은 구멍으로 간신히 기어들어가

거기 있던 빵과 고기를 모두 먹어치웠다. 한꺼번에 너무 많이 먹은 탓에 배가 불러 밖으로 나올 수가 없었다. 울면서 신세 한탄하는 그 여우를 보며 지나가는 다른 여우가 하는 말. "기다려라. 처음 구멍 속에 들어갔을 때처럼 배가 홀쭉할 때까지."

이처럼 시간은 약이 되기도 한다. 헤어진 연인도 바로 잊고 새로운 사랑을 하게 만든다. 청춘을 다 바친 회사에서 승진도 못하고 쫓기 듯 퇴직할 때는 누군가를 평생 원망할 것처럼 억울해하여도 막상 그럭저럭 잊고 살아간다. 물론 상처가 덧나기도 한다. 상처 없는 새가 어디 있으랴. '상처 없는 새는 이 세상에 나자마자 죽은 새다'라는 말도 있지 않은가. 기다림과 인내가 없었다면 어찌 한 송이 꽃인들 탄생할 수 있을까.

그런데 시간이 지난다고 반드시 모든 게 저절로 해결되는 것은 아니다. 장자(莊子) 우화 중에 '당랑박선(螳螂搏蟬)'이라는 스토리가 있다. 어느 날 밤나무 숲을 지나던 장자 앞으로 까치 한 마리가 주위도 살피지 않고 재빠르게 날아갔다. 장자가 활을 쏘려다 보니 까치의 목표가 따로 있었다. 사마귀(螳螂)였다. 그런데 더 자세히 보니 그 사마귀는 매미(蟬)에게 집중하고 있었다. 짝을 찾느라 정신없이 울어대던 그 매미였다. 일련의 사태를 목격한 장자는 위기를 느껴 도망친다. 그러나 결국 숲지기에게 밤을 따가려는 도둑으로 몰려 혼쭐이 났다는 이야기다.
여우를 피하면 호랑이를 만난다는 속담처럼 눈앞의 이익에만 빠져 근본을 잊는다면, 다가오는 더 큰 위험을 미처 인지하지 못해 큰 일을 그르칠 수 있다는 것을 경계하는 메시지다. 자칫 시간만 기다리다가는 내가 죽게 생겼다. 시간이 모든 것을 해결해 줄 것이라는 무조건적인 낙관주의가 그래서 더 위험하다. 현실을 제대로 살펴야 한다. 구멍 속에 갇힌 여우도 또 다른 위기에 대비해야 할지 모른다. 토끼가 숨어 살기 위해 굴을 세 군데 파놓는다는 교토삼굴(狡兎三窟)처럼, 위기를 바로 인지하는 것도 대단한 능력이다. 사업에 실패한 개인 파산자도 각고의 노력으로 시간이 지나면 언젠가 다시 성공할 수 있다. 그러나 그 과정에서 건강을 제대로 살피지 못한다면 또 다른 낭패를 보는 경우가 그러하리라. 돌아보니 조직생활에서 나도 그간 '나만 잘하면 되겠지. 시간이 지나면 모두 잘 될 거야'하는 안이함으로 실수가 더러 있었다. 전체를 통찰하는 혜안이 좀 부족했던 것 같다.

제대로 주변을 돌아봐야겠다. 지인과 만나는 소중한 시간에도 상대방에게 양해를 구하지 않고 별로 긴박하지 않은 휴대폰 문자 응신에 집중하고 있는지. 매미처럼 자기 짝만 찾아대는 사이에 사마귀와 까치, 포수가 겹겹이 노리는 것조차 모르고 있는지. 자! 이젠 그만 징징 울어대고, 위기를 위기로 바로 알아채지 못하는 그 위기로부터 우선 빨리 벗어나자.

변화만이
유일한 상수다 _____

국회 앞에는 연중 시위 중이다. 조용한 날이 없는 듯하다. 최근에도 새로운 공유 플랫폼과 기존 사업자 간의 갈등인 카풀과 택시 간 첨예한 대립 양상도 있었다. 새롭게 등장한 공유경제 현상 때문이다. 공유경제는 재화나 공간, 경험과 재능을 다수의 개인이 협업을 통해 다른 사람에게 빌려주고 나눠 쓰는 온라인을 기반으로 하는 개방형 비즈니스 모델을 말한다. 지금 우리 사회 기술발전의 속도는 거의 광속에 가깝다. 인공지능, 블록체인, 드론, 자율 주행차 등 벌써 우리 생활 깊숙이 들어와 있다. 앞으로도 기술발전 속도에 따라 새로운 사회적 갈등은 얼마든지 발생할 수 있다.

『21세기를 위한 21가지 제언』의 저자 유발 하라리는 초지능 기계들과 직면하여 혁명기를 살아가는 인류에게는 '변화만이 유일한 상수다'라고 한다. 그래서 '인간은 어떤 나이가 지나면 대다수 사람들은 아예 변화를 싫어한다. 세상에 뒤처지지 않고 살아가려면 끊임없이 배우고 자신을 계속 쇄신하는 강한 정신적 탄력성과 풍부한 감정적 균형감이 필요할 것이다.'라고 했다. 우리는 빠르게 발전하고 있는 기계 알고리즘을 모두 이해하기가 사실 쉽지 않다. 미래는 스스로 학습하는 인공지능의 발전과 축적된 빅데이터의 진보로 인해 오히려 기계의 통제를 받는 사회로 변질될 수도 있다. 유발 하라리도 '우리 개인 존재와 삶의 미래에 대한 통제권을 갖고 싶다면 알고리즘보다 더 빨리 달려야 한다. 늘 낯선 것이 새로운 기본이 되면서 과거 경험은 미래의 안내자가 되기 어렵다.'라고 경고했다. 유럽의 핀테크 기업 가운데 가장 가치가 높은 기업으로 평가받고 있는 영국 레볼루트사의 모토는 'never settle(머물지 말라)!'이라고 한다.

4차 산업의 놀라운 기술이 우리 같은 유저(User)들에게 주는 선물은 무엇일까. 편리함과 즐거움이 아닐까. 우리가 변해야 그 혜택을 온전히 누리며 더 행복해질 수 있다. 손안에 컴퓨터인 휴대폰 경우를 보자. 여기에도 첨단기술이 많이 탑재되어 있다. 그럼에도 이를 100% 활용하지 못하고 있다. 필요한 자료 검색에서부터 편집, 녹음을 문서로 전환해주는 앱 등을 잘 활용하면 책 한 권도 거뜬히 만들어 낼 수 있다. 가이드 없이 지도와 통역 앱으로 혼자 배낭여행도 가능하다. 층간소음측정, 거리측정, 건강관리, 인터넷 뱅킹, 강연 무료 수강, 여가활동 즐기기 등 휴대전화 하나로도 우물 안 개구리에서 우주도 경험할 수 있는 멋진 세상이다. 기기의 주인인 우리들이 이를 잘 활용만 한다면, 어찌 휴대전화만 그러하겠는가. 주변에 늘 비하다.

이런 기술 진보와 더불어 4차 산업시대에 살고 있는 우리들 인간 관계도 이젠 새롭게 변할 필요는 없을까. 사실 우리 만남들은 과거 지향적인 것이 많다. 돈독한 인연으로 엮여있는 학교 동문, 군대 전우, 고향 친구 등등. 이들과 만날 때면 대부분 아름다운 추억으로 꽃 피운다. 당연하다. 과거를 공유하고 있는 멋진 경험과 만남이니까. 나 또한 오랜만에 어렵사리 시간 내어 만나게 되면 대부분 옛날로 돌아간다. 회상까지는 좋다. 또다시 그 당시 추억 틀에서 헤어나지 못하고 잔소리와 꼰대 짓을 해댄다. 이젠 이런 소중한 관계도 시대에 걸맞게 변해야 할 것 같다. 대화 주제부터 과거보다는 현재 그리고 미래에 더 방점을 두자. 예전엔 수직관계였다면 이젠 서로 존중하고 대등하게, 모두가 편리함과 즐거움을 공유하는 상생(相生) 관계로 말이다.

우리 사회도, 정치도 그러하리라. 첨단기술이 가져다주는 새로운 플랫폼을 예측하여 제때에 제대로 대비하지 못한다면, 과거 경험이 더 이상 미래의 안내자가 되기 어렵다는 당연하고도 소중한 메시지를 놓치고 있는지도 모르겠다.

사막에서도 물을 만들어 먹는 _____
'거저리'처럼 _____

    물을 구하기 힘든 사막에서 생물들은 물을 어떻게 먹을까? 늘 궁금했다. 그런데 사막에서 물을 직접 만들어 먹는 곤충이 있었다. 아프리카 나미브 사막에 살고 있는 '거저리'라는 딱정벌레다. 엄지 손톱 크기의 이 곤충은 물을 얻기 위해 극심한 일교차와 안개를 이용했다. 이 곤충은 해가 뜨기 전에 모래 밖으로 나와서 300m가량의 모래언덕 정상을 매일 올라간다. 사람으로 치면 에베레스트의 두 배 높이란다. 죽을힘을 다해 정상에 올라서서 경사면에 머리를 아래로 향한 채 물구나무를 선다. 몸을 아래로 숙이면 등에 있는 돌기에 안개의 수증기가 달라붙는다. 곧이어 작은 수증기는 물방울이 되어 점점 커지면서 등을 타고 내려와 마침내 곤충의 입으로 들어가게 된다.

    아! 어떻게 이런 지혜를 습득했을까? 감탄사가 절로 나오는 순간이지만 그다음이 대반전이었다. 힘들게 물을 얻은 '거저리'가 사막의 구릉을 넘어가는 바로 그때, 길목을 지키며 기다리던 포식자 카멜레

온이 단숨에 긴 혀로 날름 삼켜버린다. 자연의 섭리라 하겠지만, 이 약육강식의 세계에서는 신의 자비가 전혀 통하지 않는 것인가. 집요했던 한 생명이 순식간에 이 지구상에서 영원히 사라져 버렸다!

영국 BBC에서 방영되었던 이 짧은 영상을 보면서 직업병인지 내겐 쿵! 하는 울림으로 다가왔다. 그간 군 생활 경험으로 가장 먼저 떠오른 단어는 '유비무환(有備無患)'. 어제의 적이 오늘은 친구가 될 수 있는 냉엄한 최근 안보 상황이다. 자칫 다양한 우발 상황에 제대로 대비를 하지 못한다면, 우리도 '거저리' 같은 처지가 되지 않는다고 누가 장담하겠는가.

우리는 일제강점기 때 일본에 의해 군대가 강제로 해산당하는 수모를 겪었다. 아직도 우리가 서명하지 않았던 6·25 휴전협정서에 따라 그어진 155마일 휴전선이 지금까지 계속 유지되고 있다. 이제 우리가 지켜내야 한다. 조립이 분해의 역순이듯 분해된 나라를 다시 조립하기까지는 많은 시간과 준비가 필요하다. 국민 염원인 통일은 반드시 이루어져야 한다. 그러나 남북한 군대가 하나로 되는 진정한 통일의 그날까지, 평화분위기에만 휩쓸려서도 안 된다. 로마 전략가 베게티우스의 "평화를 원하거든 전쟁을 준비하라"는 말처럼 우리는 두 눈을 똑바로 뜬 안보 파수꾼이 되어야 하리라.

인생사도 그럴 것이다. 어느 스님의 마지막 시구처럼 '기고만장(氣高萬丈) 허장성세(虛張聲勢)'로 살다 보면, 한순간에 목표 지향적 자만과 자가당착(自家撞着)에 빠질 수도 있다. 오로지 앞만 보고 열심히는 달려왔지만, 미처 주변을 제대로 살펴보는 배려와 진정성을 잊고 사는지 모르겠다. 철학자 키르케고르도 "인생은 뒤돌아볼 때 이해가 되는 것이지만, 애석하게도 사람은 앞을 보며 살아가는 존재"라 했던가. 나 역시 마치 평생 현역일 것처럼 무작정 앞만 보고 달렸으니, 저 사막 곤충과 무엇이 다르랴.

　어느 조직에 파묻혀 적응하면 좌고우면(左顧右眄)할 여유가 별로 없다. 군에 있을 때는 나도 오직 군대만 보였다. 그동안 무심했던 고향 친구들, 함께 했던 전우들에게 조금 더 마음의 표현을 하면서 살았어야 했는데 그렇게 하지 못한 것 같아 아쉬움이 남는다. 지난날 내가 몸담았던 조직은 저 '거저리'처럼 지칠 줄 모르는 열정과 눈앞에 닥친 위기대처 능력을 우선적으로 요구했었다. 늦었지만 이제부터라도 주변을 천천히 돌아보련다. 발걸음을 멈추련다. 그리하여 모래사막 위로 아름답게 내리는 석양빛이 가슴으로 스미는 여유가 생긴다면, 조금은 쉼표가 있는 내 인생의 멋진 오후가 되지 않을까?

역사를 잊은 민족에게 _____
미래는 없다 _____

국회협력관으로 근무할 때 국회의원 항일역사탐방단에 포함되어 4박 5일 일정으로 중국 동북부지역인 동북 3성 역사 현장을 돌아볼 기회가 있었다. 우리가 '만주'로 불렀던 동북3성(요동성, 길림성, 흑룡강성). 내가 생도 시절에 선배생도들로부터 수없이 정신교육을 받았던 '조국통일 고토회복'의 그곳이다. 여기에는 고조선과 고구려, 발해 유적이 아직도 많이 남아있다.

설레는 마음으로 출발한 여행은 다롄시에 위치한 여순감옥을 돌아보는 것부터 시작하였다. 이토 히로부미를 저격하고 사형당한 안중근 의사가 수감되었던 시설을 둘러보았다. 안중근 의사뿐만 아니라 단재 신채호 선생, 우당 이회영 선생 등 많은 독립운동을 했던 이들이 옥고를 치르고 순국한 곳이다. 인간 이하의 취급을 당할 때 사용되었던 많은 심문기구나 감옥의 환경을 보면서 당시 이를 참고 견뎠을 숱한 애국자들을 떠올리니 가슴이 저리다 못해 아파왔다. 아직도 안중근 의사 유해를 발굴하지 못했다고 한다. 우선 어디에 묻혔는지를 몰라서 찾지를 못한다. 잡초가 무성한 추정장소만 돌아보았는데 방문 이후에 정부 주관으로 유해 발굴 작업을 하기로 했다는 반가운 소식이 들려왔다. 단동 지역에서는 끊어진 압록강철교와 북한과 중국 무역통로인 조중우의교를 직접 눈앞 현장에서 목격했다. 압록강 유람선을 타고 북한 신의주 강변을 둘러보았다. 긴장감이 흐르는 전방 철책에서 바라보던 북한 지역과는 또 다른 느낌이었다. 허름한 초소에는 별로 군기가 들어 보이지 않는 병사들이 한가롭게 노닥이는 모습도 목격되었다. 제대로 경계근무에 집중하고 있지 않은 낌새였다. 뒤로 보이는 온통 벌거벗은 산이 이쪽 풍성한 중국산과 대비되면서 안타까움도 더했다.

집안시에 도착해서는 고구려 광개토대왕비와 장수왕릉을 찾았다. 허름하게 관리되어 금방이라도 무너져 내릴 것 같은 왕릉의 수많은 돌멩이. 계속 보수 소요가 많이 발생하는데도 그대로 방치하고 있는 현실이 아쉬움을 더했다. "역사는 유산을 낳고 유산은 역사를 기억한다"는 유홍준 교수의 말이 실감났다. 우리 역사의 현장마저도 중국이 동북공정을 통해 자기들 역사에 편입시키고 있다는 사실이 너무나 안타까웠다. 침실 칸이 있는 야간열차를 타고 8시간 여행 끝에 이도백하역에 도착하여 우리 민족 영산인 백두산으로 올랐다. 중국에서는 장백산이라 불렀다. 정상까지 차량으로 이동했다. 버스를 타고 올라가는 도중 군락을 이루고 있는 크고 우람찬 백두산 소나무 위용도 보았다. 정상부근에 안개가 자욱하여 제대로 백두산 천지 못 자태를 볼 수 있을까 우려를 했지만 한참 기다렸더니 안개가 살짝 걷히면서 순식간에 모습을 드러내었다. 가히 환상적이었다. 장엄하였다. 찰나처럼 짧게 나타났다가 안개에 묻혀 사라졌다가 다시 살짝살짝 속살을 보여주는 그 자태에 기다리고 기다리던 많은 관광객들은 탄성을 질렀다. 과연 우리 민족의 영산이었다. 아직 화산 활동이 있는 듯 때때로 지축이 약간 진동하는 느낌을 받았다. 만일 지각변동으로 화산이 다시 활동을 재개한다면 그 재앙도 결코 무시할 수 없을 것이라는 연구결과도 가끔 언론에 나온다. 발해성터도 방문했다. 현재는 그 터만 남아 있고 여기저기 깨어진 기와 조각들이 어지럽게 아무렇게나 나동거리고 있다. 발해가 과연 우리 역사라면 우리 후손들은 왜 제대로 찾을 생각을 하지 못하고 있는 것일까. 비록 현재는 우리 영토 내가 아니라 어찌할 수 없겠지만 너무나 안타까웠다. 흑룡강성 해림시 김좌진 장군 순국지를 참배하면서 불과 41세에 암살당할 때까지 그분이 민족을 위해 이루어놓은 많은 업적에 그저 숙연해질 뿐이었다. 비록 한정된 시간상 제대로 둘러보지는 못했지만 이외에도 많은 유적지가 이곳 동북3성에 있었다. 우리 민족을 인체 시험 연구로 사용했던 731부대, 독립운동가들을 가혹하게 재판했던 옛 관동법원, 윤동주 시인 생가 등. 당시에 현역으로 군 복무 중이었던 나로서는 이런 역사 현장을 늦게 알게 되어 그동안 얼마나 제대로 된 역사 개념도 없이 지내고 있었나에 대한 미안함과 아쉬움이 남았다. 만주 벌판이라고 하면 허허벌판에 깃발 들고 말달리던 황량한 독립군 모습만 영화의 한 장면처럼 떠올렸었다. 그 만주 벌판이 얼마나 비옥한 토양인지를 몰랐다. 버스로 달린 약 2,000km 내내 보았던 벌판은 끝없이 펼쳐진 농촌지대였다. 대부분 옥수수와 기타 작물 재배지인데 수확량이 매우 많다고 한다. 비록 중국 농촌은 우리 70년대를 연상하게 되지만 그 발전 속도는 가히 눈부실 정도로 빨랐다.

일제의 침략과 6·25전쟁을 거치면서 너무나 많은 것을 잃어버리고 살아가고 있지 않은가 하는 생각이 들었다. 단재 신채호 선생은 '역사를 잊은 민족에게 미래는 없다'라고 했다. 역사가 주는 교훈을 잊어서는 안 된다. 단 며칠간의 값진 역사현장 경험으로 살아있는 민족혼을 느낄 수 있는 기회가 되었다. 세계열강 속에 홀로 버티기에는 너무나 힘든 대한민국이지만 우리 조상들은 말없이 머나먼 이곳에서도 나라를 걱정하며 나라를 위해 무엇인가를 했다는 것을 온전히 느낄 수 있었다. 일반적인 지식과 상식도 중요하지만 우리 역사의 정체성과 민족의식을 느낄 수 있는 교육 또한 절실하다고 느낀 시간이었다. 그 느낌이 너무나 강렬해서 탐방을 다녀온 후 육사에 근무했던 경험을 살려 육사생도들도 방문하기를 학교 측에 적극 추천했다. 지금은 육사 생도들도 동북3성 역사 현장을 방문한다고 들었다.

어쩌다 어른이 된 _____
어른들 _____

어쩌다 어른이 된 어른들이 참 많다. 누군가 말했듯이 사랑이 무엇인지도 모르면서 사랑을 했고 결혼의 의미도 제대로 모르면서 결혼을 했다. 부모가 되는 법도 제대로 익숙하지 않은 채 덜컥 부모가 되었다.

'어른'의 사전적 의미는 성인으로 다 자란 사람. 또는 다 자라서 자기 일에 책임을 질 수 있는 사람을 뜻하며 민법상 만 19세 이상을 말한다. 결혼해서 애를 낳아보아야 진짜 어른이 된다는 말도 있다. 그만큼 책임의 무게가 무겁다. 심지어 "천 번을 흔들려야 어른이 된다"고 김난도 교수는 말했다. 물론 어른이라고 모든 면에서 잘할 수는 없다. 또 반드시 그래야 한다는 법칙도 없다. 그러나 누군가 책임져야 한다면 응당 어른이 해야 한다. 그 역할조차 버겁다면 아직도 진정한 어른 준비가 덜 된 것이리라.

〈어쩌다 어른〉이라는 TV 프로그램도 있다. 이를 제작한 팀은 '이 세상에 계획하고 어른이 되는 사람은 없다. 인생 반절 가까이 달려온 어른들에게 남은 절반을 어떻게 보낼 것인지 생각할 시간을 주고자' 기획했다고 한다. 난생처음 어른이 되었지만 어른이 되면 더 많은 것을 깨닫고 이해하고 해낼 수 있을 것이라는 기대와는 달리, 어쩌다 어른이 된 우리는 살아갈수록 더 혼란스러움을 느낀다는 제작팀 말에 공감한다. 경험이 많을수록 착시와 착각 확률이 오히려 높기 때문에 실제로 어른들보다 아이들이 더 정확할 수도 있다고 한다. 그럼에도 40세는 불혹(不惑)이요 50세는 지천명(知天命)이라고 수명 60세 시대에 살던 공자는 힘주어 주장했지만, 100세 시대를 살아가는 오늘날 어른들은 아직도 때로 더 쉽게 흔들리고 배워야 할 새로운 것들도 지천에 넘쳐난다. 나도 군 생활 동안 어쩌다 어른 역할을 하다가 지금은 또다시 사회 초년병으로 새로 출발하고 있다. 30세에 아무리 이립(而立)을 했어도 60세에 이순(耳順)조차 어려운 시대이니 계속 정진해야 할 듯싶다. 이제부터는 과거의 익숙함에서 벗어나 '일일신우일신(日日新又日新)' 자세가 더욱 필요할 것 같다. 어떤 날은 공자의 지천명(知天命) 같은 통찰력으로, 어떤 날은 나이 먹어 주눅 든 길고양이 눈방울 같은 불안과 피곤이 찾아와도, 오늘보다 더 나은 내일을 위해 식지 않는 열정을 품은 어른이 되고 싶다. 왜냐하면 그래도 어른이니까.

어린 시절에 할아버지가 찾아오시면 막걸리 한 사발 놓고 술상머리에서 몇 시간이고 반복되는 훈계를 듣던 부모세대나 그 시절 할아버지는 그래도 일찍 어른 행세를 하셨다. 어쩌면 지금까지 어른들은 최근 폐지 논란에 놓여있는 민법 제915조 친권자의 징계권에 명시된 '친권자는 보호 또는 교양을 위해 필요한 징계를 할 수 있다'라는 가정 체벌규정을 핑계 삼아 좋은 시절에 어른 행세를 해왔는지도 모르겠다. 그래도 그 당시에는 그런대로 괜찮은 어른들도 많아 보였다. 존재 자체만으로 권위도 인정받았다. 지금 우리 사회는 노인들은 늘어나는데 어른들이 제대로 보이지 않는 것 같다. 위기에 놓인 우리 정치 상황을 그때그때 현명하게 해결해주는 큰 어른들도, 고성과 삿대질이 아니라 넉넉한 경험으로 젊은이들을 이끌어주는 점잖은 어른들도 찾아보기 어렵다. 달라진 시대 변화다.

나 또한 '어쩌다 어른'이 되어 인생 귀로의 한 모퉁이에서 하릴없이 서성이지만, 권위적이고 대접받기에만 집착하는 그렇고 그런 어른은 되고 싶지 않다. 배금주의(拜金主義)가 최고 가치가 되어버린 이 혼란스러운 사회에서도 나를 포함한 '어쩌다 어른'이 된 외로운 이들에게 '비로소 어른' 역할을 제대로 할 수 있게 우리 모두 따뜻하고 힘찬 격려가 필요하지 않을까.

비인부전 부재승덕
(非人不傳 不才勝德)

'생각의 바탕은 인품이다. 생각은 행동이자 선택이다. 어떤 사람이 무슨 생각을 하며 사는지는 그 사람의 선택을 보면 알 수 있다… 매일매일의 행동과 말투, 표정 등에서 인성이 드러날 수밖에 없고 그것이 평판이 되어 나에게 돌아온다. 인성이 제대로 형성되지 못한 사람은 아무리 머리가 좋고 재능이 뛰어나도 그것을 옳게 쓰지 못한다….' 조훈현의 『고수의 생각법』에 나오는 말이다.

예전에 국내에서 높은 인기를 누렸던 〈허준〉이라는 드라마가 있었다. 그 드라마에서 허준 스승인 유의태가 3대에 걸쳐 이룬 고급 의술을 정작 자신의 아들이 아니라, 제자인 허준에게 전수하는 장면이 나온다. 우리 전통적 사고에 비추어보면 아들에게만 전수해주어야 할 그것을 왜 허준에게 물려주었을까. 그 이유가 바로 유의태가 말했던 '비인부전(非人不傳)'이다. 원래는 중국 동진시대 서성(書聖)으로 알려진 왕희지가 제자들에게 말했던 '非人不傳 不才勝德(비인부전 부재승덕)'에서 나왔다고 한다. 즉 인품에 문제가 있는 자에게는 높은 벼슬이나 비장의 기술을 전수하지 말며, 재주나 지식이 덕을 이겨서는 안 된다는 뜻이다. 현대 사회에서 리더는 허준처럼 전문성(expertise)을 갖추는 것은 기본이다. 군대에서도 "무능한 지휘관은 적보다도 무섭다."라고 한다. 능력도 중요하다. 사람은 한없이 좋은데 무능한 리더를 모시고 있는 부하들은 미친다. 오히려 성질은 더러워도 능력 있는 리더를 차라리 원하기도 한다. 회사 입장에서도 이유야 어찌하든 실적을 올리는 직원을 더 반길 수도 있다. 그러나 내가 뒤를 돌아보니, 스펙과 재능을 뽐내며 자만하는 자보다 묵묵히 성실한 자가 훨씬 성공적인 삶을 누리는 것을 보아왔다. 타인을 배려하고 함께 살아가는 능력인 인성 즉 정직, 책임, 존중, 소통, 공감 등이 더 소중함도 알게 되었다.

인성을 평가하는 바탕에는 이처럼 도덕적 진실성(moral integrity)이 놓여있지만, 이를 오랫동안 유지하기 위해서는 우선 절제가 습성화되어야 할 것 같다. 특히 리더는 '스스로 통제하는 능력'인 절제가 절대적으로 필요하다. 독일 소설가 장 폴 리히터는 "행동만이 삶에 힘을 주고, 절제만이 삶에 매력을 준다."라고 했다. 유아기부터 절제하는 아이로 키우는 프랑스 교육도 있다. 세계 유명 건축물 가운데는 절제가 있어 더 아름다운 경우가 많다. 미국 정치가 벤자민 프랭클린도 여러 가지 덕목 중에서 절제를 첫 번째로 꼽았다. 절제는 머리를 맑게 하여 모든 일을 대할 때 냉철함을 유지시켜주기 때문이라고 했다. 나도 때로 연륜과 경험, 직책, 감정만을 내세워 언행에서 절제하지 못한 적이 더러 있었다. 부끄럽고 어리석기 그지없다. 나라 녹

(祿)을 먹는 관직은 국민을 위해 욕망을 절제해야 하는 자리인 것 같다. 명예, 재물과 공명심 등에서 그러하다. 군인이나 공무원이 받는 급여를 월급이라 하지 않고 봉급(俸給)이라고도 한다. 그 이유는 한 달 노동에 대한 급여라기보다는, 절제한 가운데 국가와 국민에게 봉사한 의미로 받는 숭고한 가치 때문이리라.

오늘도 우리 사회는 승진과 채용이 되풀이되고 있다. 지금 국회에서도 선거에 출마할 후보자 공천심사가 한창 진행 중이다. 이번에는 '비인부전 부재승덕' 원리가 제대로 작동되어, 능력은 기본! 인품과 절제가 몸에 배어있는 훌륭한 인재들이 많이 선출되었으면 좋겠다. 그래서 온갖 정치 기교가 난무하는 비정(非情)함 속에서도 격조 있는 따뜻한 국회가 되기를 기대해 본다.

펜타곤은 의회를 _____
어떻게 설득하고 있을까? _____

　영화 〈링컨〉을 보면 링컨 대통령이 노예제 폐지법안을 통과시키기 위해 의원을 대상으로 어떻게 설득하는지 잘 보여주고 있다. 그렇다면 미국 행정부는 어떨까? 특히 안보의 중심에 서 있는 국방성(펜타곤)은 의회를 어떻게 설득하고 있을까? 그동안 국회 업무를 수행하면서 항상 궁금했었다. 국방부 일행과 함께 미국의회와 펜타곤을 방문할 좋은 기회가 있었다. 펜타곤 입법차관보실 법무 담당자와 미국의회 상원군사위원회 전문위원, 의원보좌관 등과 간담회도 가졌다.

　미국의회와 펜타곤이 공동으로 국가안보에 대한 책임을 법적으로 공유하고, 예산편성의 권한 자체가 의회에 있는 미국 실정과 우리는 분명 차이가 있었지만 유사한 점도 있었다. 의원들도 국가이익을 대변함과 동시에 지역구 민원에 대해 무척 고민하며, 합의점을 찾기 위해 개인 보좌관들은 여러 대안을 만들어 펜타곤을 설득하고자 했다. 반대로 펜타곤에서도 합당한 논리로 의원들을 설득시키기 위해 나름대로 치열하게 노력하고 있었다. 펜타곤과 의회 상임위원회에는 법률전문가, 군 출신 예비역 등 최고 전문가들로 구성되어 있었다. 또 이 두 조직간 의사소통을 제대로 할 수 있도록 펜타곤에서 파견한 국회연락단을 운용하고 있었다. 이들은 대의회 전략 및 정책을 조정, 실행하며 주요 직위자의 대국회 연계활동을 위해 노력하고, 주요 국회활동에 관한 핵심적인 정보를 전파하는 임무를 수행하고 있다. 미육군의 경우 80여 명으로 편성되어 있는데 방문했던 당시 상원군사위원회에 상주인원만 해도 해병대·해군이 각각 5명, 육군 11명, 공군 7명이었다. 현역소장을 단장으로 상원연락과, 조사입법과, 의회질의과를 운용하고 있으며 장교 및 전문직으로 편성되어 있다. 연락단은 단순한 전달자의 역할뿐만 아니라 참모 기능을 수행하고 있었다.

국방부(방사청)에서 종합적으로 예산을 편성하는 우리와는 다르게 국방성·합참·각 군 예산을 의회에서 편성하는 미국의 경우는 예산을 획득하기 위해 각 부처가 들이는 설득과 협상하는 시간, 노력은 실로 엄청나다. 주요 인사들은 수시로 위원회에 출석해서 정책의 정당성과 예산 필요성을 호소한다.

미 의회만큼 권한이 크지 않은 우리 국회도 날이 갈수록 진화하고 있다. 이제 우리 군도 대국회 업무 중요성에 대해서는 누구나 실감하고 있다. 미국 의원들도 가장 싫어하는 것 중 하나가 본인이 모르는 주요 사안들을 TV 등 뉴스를 통해 알게 되는 경우라고 했다. 물론 펜타곤에서도 중요한 작전계획 등에 대해서는 일반적인 수준에서만 답변해 준다. 주요 비밀의 경우는 펜타곤에서 관련자에 한해 비밀취급인가자만 열람시킨다고 했다.

적과 싸워 이길 수 있는 강한 군대를 만들기 위해서는 군과 국회 간 협력체계가 절대적으로 필요하다. 국회를 적극 동참시켜야 한다. 알릴 것은 제대로 알려야 한다. 군에서 정당하다고 생각하는 파병 연장안도 국회 동의가 없으면 시행하기가 어렵다. 지금보다도 더욱 능동적이고 합법적인 예산 획득과 입법 활동을 통해, 우리 장병들과 군인가족들이 군복을 자랑스러워할 수 있도록 해주는 것이 국회와 우리 군이 할 일이다. 짧은 여정이었지만 우리 대국회 업무에 대한 태도와 열정을 다시 한번 되돌아보는 계기가 되었다.*

---

* 2013.12. 국방일보
  지금도 국회협력단의 역할은 중요하며 더 보완되고 발전되어야 한다.

다양한 의회마다 _____
고유한 독창성이 있다 _____

국회에 근무하면서 사무처 직원들과 두 번에 나누어서 태국과 베트남, 일본과 대만 의회를 각각 방문할 기회가 있었다. 태국은 마침 푸미폰 전 국왕의 서거로 1년간 국가장을 지내는 중이었다. 왕궁에 긴 줄로 늘어선 추모대열을 바라보는 것 자체가 일종의 관광이었다. 섭씨 35도를 넘는 날씨임에도 그들 얼굴에는 한 점 불평도 없어 보였다. 태국의원들은 절반 이상이 군인 출신으로 이루어져 있고 국민들의 군에 대한 신뢰도도 매우 높다. 특히 태국 국민들은 타 동남아 국가와 달리 국가와 왕에 대한 충성심 또한 매우 높다. 왕족 등 신분제에 대한 거부감도 없으며, 국가와 왕 존재에 대한 자부심이 대단히 높은 편이다. 과거 동남아 전 지역에서 태국만이 다른 나라로부터 식민 지배를 받지 않은 사실로 볼 때 뛰어난 외교 전략을 통한 국가 생존력도 대단했던 나라라고 볼 수 있다. 태국의회는 의회를 자오프라야 강변으로 이전할 예정인데 홍수에 대비한 안전대책을 수립하고 있었으며 의회 경내에서도 시위를 할 수 있도록 별도의 넓은 공간도 마련했다는 점이 특이했다. 우리 한국 의원들은 의원 배지만 달면 출입하는 것이 자유로운데 태국의원들은 일반 공무원과 동일하게 의원용 출입증을 이용하여 동일한 출입구를 이용하고 있었다. 과거에 한 의원이 회의 중 심장마비사한 사고가 있어서 회의가 있는 날에는 의료진이 상시 대기하는 것도 이채로웠다. 최근 태국에서도 테러 관련해서 폭탄 감지 설비와 차량 통과 저지 시스템이 구축되어 차량 폭탄테러 발생에 상시 대비하고 있었다. 태국의회는 평상시에는 일반인들이 의회를 자유롭게 출입하도록 허용하지만 회의가 있는 날에는 의원용 차량만 출입시키는 등 매우 엄격하게 통제하고 있었다.

베트남의회는 양원제가 아니라 전문의원직과 비전문의원직으로 구분된다. 약 30%인 전문의원직은 풀타임 의원직이고 비전문의원직은 정부 관료로 의정활동도 겸직하고 있었다. 의원 각각은 별도로 보좌직원을 운영하는 것이 아니라 의원들이 공용으로 운용하고 필요시 전문가를 직접 면담하는 시스템이었다. 이들은 당시 우리나라 국회에서 시행하고 있는 의원 특권 내려놓기에 대해서도 특히 관심이 많았다. 그들도 의원 대부분이 친인척을 채용하고 있는 실정이라고 한다. 베트남에서는 당장 그런 것이 문제가 되지 않으나 경제 분야와 관련하여 이권개입문제가 발생할 여지가 있고 이를 방지하는 법률이 없는 상황이어서 우리를 반면교사로 삼아 검토해보려 했다. 베트남의회는 공산당 일당체제로, 의원은 공산당원이며 과거에는 거수기의 역할만 해왔지만, 현재에는 의원 간 토의를 통해 의사결정을 하는 경우가 많아지고 있다 한다.

대만 입법원은 행정원(행정부)을 감독하고 일반 법안의 심의 의결에 관한 업무를 하는 기관으로 우리 국회와 유사하다. 쑨원의 5권 분립 원칙에 따라 행정원, 사법원, 고시원, 감찰원과 함께 설립되었다. 국공 내전 결과로 대만은 실효적 통치 지역이 타이완 섬 및 기타 도서로 한정되어 있지만 대만 헌법상으로는 입법원이 중국의 전 국토를 통치하는 유일한 정부의 입법기관으로 표방하고 있다. 대만 최고 지도자인 총통은 입법부와 사법부를 모두 장악한다. 113명으로 구성된 의회는 오래전부터 여자고등학교 건물을 그대로 사용하고 있으면서 통일되는 그날을 위해 새로 이전하거나 건립하지도 않고 있었다. 의원들끼리 하도 난투극을 많이 보여서 본회의장 밖에 비상의료기가 준비되어 있는 것이 특징이었다. 아직도 통일의 순간만을 바라보고 꿈을 포기하지 않고 있는 그들만의 정치가 보였다.

일본 국회는 중의원과 참의원의 양원제로 구성되어 있다. 임기가 4년인 중의원이 465명(지역구 289명, 비례대표 176명), 임기 6년에 3년마다 절반을 재선거로 선출하는 참의원이 242명(지역구 146명, 비례대표 96명)이 있었다. 특이한 것은 의원들의 회의 출석 여부를 한 눈으로 볼 수 있게 등원표시판이 부착되어 있었다. 일본 국회는 높다란 담으로 둘러싸여 아무나 출입하기가 어려워 보였다. 테러에 대비하여 방호직원들이 경찰과 합동으로 밤낮없이 대비하고 있었다. 의사당 중앙홀에는 일본 정치사에서 유명한 세 명의 동상이 있었다. 이토 히로부미, 오쿠마 시게노부, 이타가키 다이스케다. 안중근 의사에게 암살당한 이토 히로부미가 네 번이나 총리대신을 했었다는 사실을 일본 의회에 가서야 다시 한번 상기하게 되었다. 국회 중의원 본회의장 정면 중앙 2층에 어좌소(御座所)라고 해서 천황의 자리가 의장석 바로 위에 놓여있다는 것과 천황이 다니는 통로는 평상시에는 일반인에게 출입통제되어 있다는 사실이 새로웠다. 일본 헌법이 아무리 민주주의를 지향해도 그 위에는 상징적인 천황이 존재하고 있다는 점 또한 일본을 방문하고서야 느끼게 되었다.

우리 일부 국회의원들은 '시민이 주인인 진정한 나라' 만들기 일환으로 '국회담장 허물기 운동'을 아직도 주장하고 있다. 다른 나라 의회를 돌아보며 안전에 위해한 의견을 받아들일 때는 매우 신중해야 한다고 느꼈다.

짧은 일정들이었지만 각 나라별로 민족성, 역사 등 그들만의 고유한 독창성이 가장 잘 녹아 스며있는 곳이 바로 의회가 아닌가 하는 생각이 들었다. 모두들 치열하게 살아가고 있었다. 다양한 체계에 잘 적응하며 열심히 살아가는 사람들을 만나는 것만으로도 기분 좋고 값진 경험들이었다. 이 세상은 이런 다양하고 고유한 독창성이 존재하기에 더 활기차고 조화로운지 모른다.

DO your thing!

"어떻게 나답게 살 것인가?" 항상 고민하게 만드는 화두이다. 나름대로 삶의 의미를 더해보려 나의 스토리텔링을 글로써 정리해 보았다. 처음에는 뜻대로 잘 안되었다. 오랜 세월 각종 보고서 작성하는 것으로 글이 숙달되어서일까. 메마른 감성을 다시 일깨울 필요가 있었다. 가까운 문화센터의 글쓰기 기초반에 등록하여 두 달 동안 수강했다. 일상에 대한 소소했던 기억들이 더 사라지기 전에 시간이 날 때면 끄적거려 보았다. 우리는 항상 과거에 대한 후회와 미래에 대한 불안을 안은 채 삶이라는 시간여행을 하고 있나 보다. 서투름과 아쉬움에 요동치는 원고지 위에 아련한 추억들을 소환하여 떠올릴수록 앞으로 살아가야 할 인생의 방향이 명백해졌다. 결국, 책으로까지 출간하게 되었다.

곧 또다시 나만의 지도를 들고 길 찾아 나서는 나를 힘차게 응원하고 싶다. 여전히 내게 다가올 미래가 불안하기는 마찬가지이다. 그래도 지금처럼 부족하고 모자람은 계속 채워나가리라. 그리고 나만의 방식으로 존재의 의미를 찾으며 하루하루를 지내다 보면 언젠가는 행복의 파랑새도 찾아오지 않을까 자신을 격려해본다.

미국의 유명한 사회학자 벤자민 바버는 "세상은 강자와 약자 혹은 승자와 패자로 구분되지 않는다. 다만 배우려는 자와 배우지 않으려는 자로 나눈다."라고 했다. 나를 지속해서 성장 발전시키려는 마인드를 계속 가지고 있다면 나이를 먹어도 절대 뒤처지지 않을 것이다. 젊은이들이 대부분 응시하는 자격증 시험을 보러 갔던 친구가 안내원이 "시험 감독관으로 오셨냐"는 말에 충격을 받았다고 한다. 그래도 이 친구처럼 현실을 두려워하지 않고 꿈을 꾸는 사람은 얼마나 멋진가. '안코라 임파로!(Ancora imparo!). 나는 아직도 배우고 있다.'라고 87세 미켈란젤로가 이탈리아 시스티나 성당 천장 그림을 완성한 후에 스케치북 한쪽에 적어 놓았다는 멋진 글귀도 있다. 괴테도 명작 '파우스트'를 60세에 쓰기 시작하여 82세에 탈고했고, 소크라테스의 원숙한 철학은 70세 이후에 이루어졌다고 한다. 열심히 배우려는 노력만 있다면 언젠가는 목표를 달성할 수 있을 것이다. 오랜 시간 축적된 지식과 경험, 경륜과 지혜를 잘 활용한다면 늦게라도 뜻을 이루리라. 설혹 이루지 못해도 그 과정은 분명히 의미가 있고, 인생을 대하는 이런 진정한 태도는 매우 아름답다고 할 것이다. 나도 그렇게 살고 싶다. 그러려면, 우선 내 일을 해야 한다(Do your thing!). 누가 시켜서 하는 일이 아니라, 내가 하고 싶은 일을, 정말 웃으면서 할 수 있는 일을 하고 싶다. 아직도 찾고 있는지도 모른다. 지난 시절을 돌아보면 작심하고 나의 일을 주도적으로 했던 기억은 몇 번뿐이었다. 배우자를 결정한 것, 장교가 되기로 한 것, 정년을 앞당겨 나온 것 정도. 대부분은 조직 내 시스템 가운데서 이루어진 일들이다. 지금껏 내가 원치 않았던 일을 더 많이 하면서 살아온 듯하다. 호스피스 병동에 있는 많은 환자가 공통으로 가장 후회하는 것이 평생 하고 싶었던 일을 하지 못하고 죽어가는 것이라고 했단다. 어쩌면 인생은 우리가 원하는 대로 흘러가는 것이 아니라, 우리가 인생이 원하는 대로 흘러간다는 말이 맞는지 모른다.

나만의 스토리텔링을 만들어가는 한 편의 파노라마 같이 펼쳐지는 인생. 작은 스토리들이 하나씩 쌓여서 히스토리(history)가 된다고 했던가. 진정으로 하고 싶었던 나만의 스토리들을 하나씩 만들어 나가 보자. 끊임없이 배우려는 열정이 삶의 지혜로 충만되어, 지금보다 더 나은 따듯함과 능숙함으로 거듭 익어가는 나를 언젠가 발견하기를 조용히 오늘도 꿈꾸어 본다.